手紙

ハンセン病元患者と中学生との交流

山口シメ子

皓星社

目次

「若い人」への無条件の信頼

辻村　宏

「中学生に向けて手紙を書いていただけませんか」、山口さんにそうお願いしたときのことは、今なお忘れることができません。

私は東京の中学校で社会科の教師をしながら、おもに自分の担当する学年の生徒に向けて「社会科通信」というプリントを出してきました。学生時代にハンセン病の療養所を訪ねて以来、折に触れて生徒たちに話をしてきたつもりでしたが、実際にそこで暮らしておられる方から直接生徒にメッセージがいただきたいと、次第に考えはじめるようになりました。そこで共通の友人であった荒井俊雄さんを通じて、山口さんに通信への連載を依頼したのでした。けれど、いざお願いする段になって、私は自分が軽率だったと反省する気持ちになっていました。

東京の片隅の中学校で、たった百人ほどの生徒に配るものであっても、いったん印刷物となった以上、どこでだれの目に止まらないとも限りません。回り回って山口さんにご迷惑がかかることになるやもしれません。ハンセン病療養所で暮らす方にとって、それが何を意味するのか、私は深く考えることなく話を進めてしまっていたのでした。

私は自分の浅はかさを棚に上げて、まだそれほど親しかったわけではない山口さんに相談を持ちかけました。そのときいただいたお返事の中の一文を、私は今も忘れることができません。

世間にばれるとかの不安はありません。もうその段階は乗り越えたと言うべきでしょうか。

私はこの一言に圧倒されました。そしてこの一言で救われました。こうして「社会科通信」への連載がはじまったのでした。

連載は、私の勤務する学校が変わっても続けられました。杉並区立宮前中学校から、同松ノ木中学校へ、生徒は変わっても書き継がれ、そして今も続いています。

都会の真ん中で、目の前に大きな制約もなく、自由で豊かな生活を送っている十代前半の子どもたちにとって、ハンセン病の歴史はあまりに遠い出来事です。山口さんの語りかけることばは、最初、ある種異様なものとして、生徒に受け止められたように思います。たとえば強制収容とか、強制隔離といった現実を、自分の生きている現実にどう結びつければいいのか、生徒たちは一様に戸惑っているように感じられました。

けれど山口さんが文章に託した強い思いは、生徒たちの心を確実に揺さぶっていきました。生い立ちから子ども時代、そしてその後の人生を語る山口さんのことばは、平易であっても、そこに一人の人間の渾身《こんしん》の思いが込められていることを、生徒たちは見逃しませんでした。

そこには一貫して、強いメッセージが示されていました。一見かけ離れて見える人生であっても、そこには通じ合う思いがあるということ、生きる喜び、希望、信頼があるということ。手紙が数を重ねるごとに、少しずつ、しかし確実に、山口さんの思いが生徒一人ひとりの心に染みわたっていくのがわかりました。それは、どんな困難があろうと生き抜け、という力強いメッセージとして、子どもたちの胸に届き、受験を控え、思春期の真っただ中にある生徒たちに、大きな励ましを与えてくれました。

私が子どもたちに望むことは、すぐに投げずに、生きのびろということです。

差別や偏見に苦しみ、さまざまな苦難を乗り越えて、ここまで生き抜いてきた人だからこそ言える切実なことばです。だからこそ、大人の説教くさいことばには、飽き飽きしているはずの中学生の心にも、強く響く力を持っているのだと思います。そしてそのことばは、これからも人生の節々で、彼らを励ましつづけるに違いありません。

こうして書きつづけてくださる山口さんの思いの底にあるものは、人間への信頼ではないか、とりわけ若い人への、これから未来を背負う人への、無条件の信頼ではないか、と私は思うことがあります。それが中学生への、これ以上ないほど率直なことばとなって、示されているのでしょう。

生徒のみなさんにだけは、素《す》のままの自分でいこうと思っているのです。

何かの折に、山口さんは私にこう語ってくれたことがあります。この若さへの信頼と率直さこそが、ともすれば荒れた気持ちに陥り、ときには孤立して殻に閉じこもる、十代初めの子どもたちの心を開く力になっているのだと思います。

そしてこうした山口さんの思いは、もちろん子どもたちだけではなく、すべての人の心を打つものだと信じています。いただいたお手紙を読みながら、粛然とし、胸を打たれ、目頭を熱くしたことは一度や二度ではありません。一番励まされてきたのは私だったのかもしれないと、これを書きながら、山口さんへの感謝の念を新たにしているところです。

社会科通信

山口シメ子

私が東京都杉並区立の中学校の辻村宏先生と生徒さんたちとの交流をはじめて四年がたった。知り合うきっかけは、多磨全生園にある。

私は一九七四（昭和四十九）年より一九八四（昭和五十九）年まで転園治療のため多磨全生園にお世話になった。本病の悪化で眼を悪くしたためだった。当時、星塚敬愛園の医局では眼科医ばかりでなく、各科の医師不足が深刻で、私は毎日失明の恐れにおびえ絶望の日々をすごしていた。全生園には姉がいたことと医療センターとしての医師の充実が、私の強い願望となって、自治会長に転園治療を願い出て、それが実現したのだった。このことでは、今も尽力してくださった皆さんに心からの感謝を述べたい思いでいっぱいだ。

全生園では専門の先生による処置が効を奏し、十年も苦しめられた熱こぶ、失明を恐れた虹彩炎も四年もたつとおさまってきた。

ある日、眼科医より読書の許可がおりた。そのときの嬉しかったこと。小学、中学の頃より私は皆に本の虫とあだ名されるほど本好きだったのが、この十年間以上、新聞さえろくに読めなかったからだ。それは眼がかすんでよく見えなかったからだったけれど。そのときは、文庫本でもしっかり読めるほど快復していた。天にも上る気持ちというのか、そして、治していただいた眼を何かに使ってお返ししたいという思いにまでなっていった。折しも、知りあいの看護助手さんから人手が足りないで困っているのだけれど手伝ってほしいことがあると言われた。それが盲人の方への代読と代筆だった。私は喜んで引きうけた。

その頃、東大生ばかりで作られた「東京ＶＹＳ（通称、東Ｖ《とうブイ》）」というボランティアグループの方が全生園を訪問されては、患者さんたちとの交流、代筆、代読などをされていて、自然に私も知りあうことになった。あるとき、「東Ｖ」の青年たちが車椅子に乗った重度障害の若者を介助して全生園を訪ねてこられた。その若者はことばが話せず、アーとかウーとかしか言えないのに、女子学生、男子学生は常に若者に語りかけ、また、石段があると三人がかりで車椅子を持ちあげ運びあげる。それを実に楽しそうに、明るく、まるでみこしをかつぐようにやってのける。

奉仕のはずなのに、形にはまらず、自由に、自分の心のままに体を動かす。けれどさり気ない気配りはちゃんとされていて、見ている私は深い感動をおぼえたものだった。そして、この青年たちに学ぶものを感じとった。見てもらうはずの患者の私が言うのも変だけれど、そのときはそのような思いにとらわれたのだった。ボランティアという意味を理解しはじめたのかもしれない。

障害者の若者は、その後も何回か全生園にこられ、一緒に外のイベントに出かけもした。そして、いつかその若者、荒井俊雄さんと手紙のやりとりがはじまり、私が帰園した後もそれは続き、もう二十年近く文通している。

荒井さんは重い身体的障害はあっても、動く指だけでワープロを打つ。ワープロ内に組みこまれた木や人形のイラスト入り手紙が届くと、読んでいて楽しくなる。

荒井さんはそのようにして全国の人と文通していた。先に述べた杉並区立中学の辻村先生もその一人だった。先生は社会科を教えておられ、個人的にハンセン病に関心を持たれ、全生園にも何回か行かれたことは後で知ったが、私はお逢いしたことはなかった。

生徒たちに正しいハンセン病の知識を教えたいという辻村先生の望みを知った荒井さんが、私を紹介したのが先生と知りあうきっかけとなった。

先生は常に正面から生徒たちに向きあうことに努力をおしまず、「社会科通信」を書き、自費でプリントして、受け持ちクラス全員に配付しておられる。荒井さんが「社会科通信」に文を書き送り、載せていたこともあって、今回、ハンセン病患者としてのあるがままを書いて送ってほしいことを、先生は私に要請してこられたのだった。見も知らぬ生徒さんたちへ何を書けばよいのかと最初とまどったけれど、結局、四歳で母や姉と強制収容されたこと、療養所内の分校で小学校、中学校を終えたことなどを書き送った。

二カ月に一回、原稿用紙三枚ほどの文を書き送るのだけれど、〆切がせまると「なんでこんな面倒なこと引き受けたのだろう」と悔むこともあった。その間、ハンセン病の資料、伊波敏男さんの書かれた『花に逢はん』『夏椿、そして』の本も学校に寄贈した。

先生は月に二回ほど茶封筒の大きいのに号ごとの「社会科通信」を送ってくださり、それには必ず自筆の手紙がそえられていて、「送っていただいた本は図書室にコーナーを作ってもらい、資料もおいているのですが、大変好評で、ただ今本のほうは順番待ちです」とか、「今日は父兄の方から『社会科通信』の山口さんの文を家族全員で読んでいます、と言われました」などと書かれてくるので、書き手のこっちはそれに励まされ、だんだん書くのにも力がこもっていったように思う。すると逢ったこともない生徒さんたちへの愛着が芽ばえ、若い悩みを持っているであろう（受験やいじめ、家族関係など）その人たちへエールを送る気持ちにも変化していった。私たちでさえ、このように生き抜いてきたのだから、若く健康なあなたがたはもっとしっかり生き抜いてほしいと切に願ったのだ。

特にいじめによって自殺した中学生の記事を新聞で読むときなど胸がつまる思いになった。あるとき、いつもと同じ大きな茶封筒が先生より届き、開けて見ておどろいた。先生が担任しておられる全クラス百十六名からのクラスごとにメモ用紙にかかれた質問状だったからだ。全部にクラスと名前が書いてある。ハンセン病の資料を送り、また、「社会科通信」の私の文とともにその一部が載せてあるのを私も見ているのだけれど、それより生の患者さんを知りたいと思ったのだろうと思った。

が、こういう成行きにもっていったのは自分だ。ハンセン病のことを知りたいと思う人は質問を受けつけます、と言ったのがこのような結果になったのだった。せいぜい十人くらいが質問してくると思っていたら、分厚いメモ帳の束、四クラス分の量に、ウェーッという気持ちになってしまった。

これ全部に答えるの、しんどいな、というのが本音だった。また、そのときは間《ま》が悪く、転んで手の小指を骨折し、手術して三角布で腕をつっている状態で、着るのも脱ぐのも不自由な生活をしていたからだ。そしてパラパラ拾い読みすると重複している質問がかなりある。

今の子どもというか中学生だけれど、「子」や、「夫」のつく名前がほとんどいない。かおり、さおり、さやか、また、これはいったいなんと読むのだというような凝った字の名前の生徒たちが、けれど真剣に問うていた。

しばらくは骨折で気はめいっているし、落ち着かない気持ちでいたけれど、少しずつまじめに読み進めていった。すると、ハンセン病への質問ばかりではなく、私への興味、関心の質問も多くあることを知った。

「社会科通信」を一応まじめに読んでいないとこういう質問はしてこないと思えた。

幸いに右手が使えたので、メモの束を、全部コピーして、その裏に一人ずつの質問に答える作業をはじめてみた。書きはじめると、その生徒の個性もかいまみえ、だんだん、面白くなって、なんのことはない、骨折を忘れるよい薬（心の薬）となってくれたのだ。

ハンセン病のことはもちろん、私が結婚していること、姉や父や母のこと、絶交されている健常者の兄のこと、部屋の間取り、一日のスケジュール、好きな園芸、手芸のこと、質問はすべてにわたっていたので、結局、私の全部をあかすものになってしまった。

質問状の中には私をかわいそうという思いが素直に書かれ、私の別れた兄との再会が叶うといいね、などと書いてあって、胸がつまるものもあった。

現代の中学生は「切れる」と表現されるなど、悪いほうにばかりとられがちだけれど、この中学校の生徒さんたちは素直に率直に、そして私にいたわりのことばまで書いてきてくれて、本心はみんなやさしいのだと思わされた。

すべての質問に答えるのに二カ月ほどかかったけれど、送るとすぐ先生からお手紙をいただいた。それには「百名以上の生徒の質問に答えてくださり、びっくりするやらうれしいやらで、生徒たちも答えを一生懸命読んでいました」と書いてあった。最初は少しおっくうだったのに、後は面白いという思いと、しっかり受けとめてほしいという願いとなって、終わると達成感まで感じてしまうほどだった。

先生がハンセン病のことをなぜ生徒たちに教えたかったかというと、強制隔離にまでおよんだ差別と偏見の恐ろしさを、一人ひとりの問題としてわからせたかったからだとおっしゃった。

正しい医学の理解をもたないまま、先入観や外見だけで人を裁く、また、差別や偏見が政治性をもつと、ハンセン病のようなあやまちをおかすことを教えたかったとも言われた。今、一番、先生方を悩ませているいじめも差別や偏見がもとになっているから、生徒たち自身の中に人への正しい理解、つきあっていく方法を見いだしてほしいと手紙に切々としたためてあった。

　私は先生の生徒に対するのぞみ、温かで、人間らしく、やさしく育っていってほしいという思いにうたれる。私の文がどれほどの力になれるかわからないけれど、私は先生の力になりたいと思う。

　文は強制隔離時代の暗い話ばかりでなく、好きな洋画の話、友人のこと、食物のことなど気楽に書き送っている。「社会科通信」の茶封筒は四年間で箱いっぱいになったけれど、それはいつでも取り出せる身近なところにあって、先生の手紙、生徒たちの文集など、私が落ちこんでいるときやめげているときに読むと、力が湧いてきて、いい活力源となっている。

　私のほうこそ、先生や生徒たちに力づけられ、励まされ、生かされていると思える日々だ。

二〇〇四年七月

手紙

社会科通信

山口さんから手紙が届きました

1998年7月10日（金）

宮前中学校の皆さん、初めてお便り致します。私は皆さんもご存じの荒井俊雄さんの友人で山口シメ子といいます。荒井さんとおつきあいして、もう二十年くらいになると思います。今は東京と鹿児島県で、お手紙のやりとりをしています。このようなお手紙を皆さんに送るきっかけは、荒井さんは辻村先生ともお知りあいで、荒井さんを介して、私も辻村先生のことを知ることになりました。荒井さん↓辻村先生↓山口シメ子というつながりになります。友人、知人などを通じて、人はいろいろな人と知りあうことができるものだと思って、とても喜んでいます。皆さんも、そのように人とのつながりを広げていくと、いつか、クリントン大統領ともおちかづきになれるかもしれませんね。

さて、今、私が居住しているところは皆さんが見たことも聞いたこともない場所だと思います。天国ではありませんよ。私が居住などということばを使ったのは（アメリカの先住民みたいですけど）私が現在いるところは国の土地、国が与えた建物に住んでいるので居住ということばになると思うのです。そこは国立ハンセン病療養所で、私はそこに入所している一患者です。ハンセン病については「社会科通信」にときどき紹介されていますので、少しはおわかりかと思いますが、ここ鹿児島県内には一つ、奄美大島に一つ、沖縄県に二つ、全国で十三カ所の国立ハンセン病療養所があり、少ない療養所で二百名ほど、多いところでは八百名ほどの患者さんが入所しています。私の住んでいる星塚敬愛園には五百名弱の患者さんがおり、その平均年齢は七十三歳、高齢化しており、私はその中では若いほうに属しています。そして患者さんの九十九％は無菌で、私もそうです。当然、感染することはありません。ですから正確には、元・患者、ハンセン病回復者というべきです。ハンセン病というとわからない人も多いですが、かつて「らい」と言われた時代は、あらゆる差別と迫害にさらされた病いでありました。次回は「みかん」ということばについてお話ししたいと思います。果物ではありません。

山口さんはかつて東京・東村山にあるハンセン病療養所で暮らしておられ、そこである福祉団体の一員として訪れた荒井さんと出会われたのだそうです。ちなみに私もその頃よく、その多磨全生園という療養所へ行っており、荒井さんともそこで出会って友人になりました。

山口さんはその後、鹿児島県鹿屋《かのや》市にある星塚敬愛園という療養所に移られ、今もそこで暮らしておられます。

東京で、あたりまえのように暮らしていると、ハンセン病のことも、療養所で暮らしている人びとのことも、外国のようにかけ離れたことに思えてしまうのですが、少しでも実感をもって受け止めてくれたらと思って、山口さんに手紙を書いていただくことにしました。これから二カ月に一度くらいの割合で手紙を送ってくださいます。文中「無菌」で「感染することはありません」とおっしゃる山口さんが、なぜ今も療養所という名の場所におられるのか、じっくり考えながら読み続けてください。
（T）

＊（T）は辻村先生の文章を表します

社会科通信

さあ、二学期が始まりました

1998年9月1日（火）

宮前中学校の皆さん、前回の「みかん」の字は「未感」と書きます。多分、「未完」と考えた人が多かったのではないかと思います。

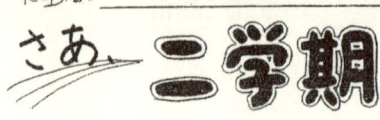

この「未感」にはもっと深いわけがあって、詳しくは「未感染児童」の意味です。

私の母がハンセン病となって、強制隔離（たとえていうなら人さらいのようにむりやり隔離施設に入れる）にあい、私は幼かったので一緒に療養所に収容されました。親がハンセン病でも、子どもは発病していないこともあって、その児童のことをそのころ「未感染児童」といい、私も当初そう呼ばれていました。略して「未感」です。母は患者居住区、私は未感のため、職員官舎区の中にある保育所に入りました。母との面会日は限られていて、真ん中に板のしきりのある一室で、職員に監視されての面会は、甘えることどころか、手さえ握れない厳しいものでした。

何かに似ていませんか。テレビで見た刑務所の一シーンのようですが、これは当時は現実のものでした。私は幸い（？）にも発病して、母と再会しましたが、未感染児童のまま学校に通うようになると、彼らは「みかんの子」と言って石を投げられたり、棒でたたかれたりと、ひどいいじめにあいました。けれど、通学することはやめず、無事に巣立って、今は社会で父親、母親となってがんばっているようです。

私は、療養所内にあった分校で小学校、中学校と終えました。先生は近くの本校からの派遣でした。皆、一生懸命に教えてくださいました。療養所という特殊な状況の中での教育は先生方もとても気を遣われたように思います。

私は国語の先生がおっしゃった「心はいつも自由だ」ということばを今でも憶えています。隔離されていようが、どのような状態におかれていようが、自分の心は自分のもの、どのように思うか勝手がきくのです。これほど嬉しいことがあるでしょうか、私はこのことばでとっても励まされました。皆さんも、自由に心の中ではばたき、叫んでください。スッとしますよ。次回は「ゆうれい」について書きます。

社会科通信

山口さんから3回めの手紙が来ました。

1998年10月23日（金）

宮前中学校の皆さん、今回は少し悲しい「ゆうれい」の話をしますが、そこにいたるまでには説明が必要なのです。皆さんはクラスの鈴木さんや田中さんのことを、この人は誰？　なんて思いますか。友だちであればなおさら、住んでいるところ、ご両親のこと、妹さん、弟さんのことまでよく知っていると思うのです。

けれど私はちがいました。現在、ハンセン病と言われる病名が、かつてはらい病と呼ばれ、忌み嫌われていたのは、不治の病、遺伝病、体が溶ける、などと、無知からくる偏見が根強かったからです。現代の医学で、ハンセン病はきわめて感染力の弱い、ただの伝染病であり、末梢神経を冒すために、手や足、顔面などに変形を生じただけで、表面に残った変形はただの後遺症にすぎません。今は薬で完全に治癒します。

けれど、偏見の強かった時代、病院でらい宣告をされることは、今のガン宣告に等しい衝撃を患者に与えました。それだけでなく患者が出た家というだけで村八分にあったり、兄が発病すると嫁いだ妹までが離縁されるという、一族全部に被害が及ぶほどでした。

ですから、患者自身、絶望のふちに立ちながらも、家族を守る手段を考えなければなりませんでした。それには自分の身をかくすのが一番だったのです。

そのようにして、敬愛園に収容されてきた人たちがたくさんいます。五百名もの男性、女性の患者がいますので、親しくなる人たちもいて、療養所内で結婚する人も多くいます。私もその一人です。また、友だちができたり、年輩の患者さんと若い患者さんが親子のようなつきあいをしたりと、家族との絶縁のさびしさをうめているのです。私も小さいころ、父と離ればなれになりましたから、七十歳代のご夫婦と親しくなり、特に私は、「おじさん、おじさん」と呼んで、父親のように慕っていました。おじさんの名前は春田さんと言いました。そのつきあいは、私が結婚する前からですから、けっこう長かったのです。「ゆうれい」は次回登場します。

社会科つうしん

山口さんからのお手紙です。

１９９８年１２月１７日（木）

宮前中学校の皆さん、十二月に入り、冬休みが楽しみですね。

前回より「ゆうれい」の話をしているのですが、星塚敬愛園には五百名近くの患者さんがいますので、そこでは、患者さん同士の結婚、友人関係などが生まれました。そういう中で、私は春田さんご夫妻と親しくなり、四歳のとき、父と離ればなれになった私は、春田のおじさんを父のように慕っていました。おじさんは読書家で博学で、すばらしい書のできる人でした。

私に、「乱読でもいいから本を読んでたくわえなさい」といつも言い、私の疑問にも答えてくれる先生のような人でもあったのです。そのおじさんが亡くなったのです。私は子どものように大泣きしました。

おばさんが寂しいと思い、泊まったときのことでした。おばさんが思いがけない話をはじめました。春田という名前が偽名であること、発病によって、実家から戸籍抹消されたこと、出身地も、家族構成も、自分にさえ、くわしく明かしてもらえなかったと涙ながらの告白でした。

ハンセン病がらいと呼ばれていた時代、一人の患者によって、その家族の受ける被害は多く、不幸の種子は広がりました。無知からくる偏見が根深くあったからです。おじさんは実家から追われ、療養所に入った後も本名をかくし、すべてのことを封印し、ただ、ひたすらかくれ住む身の人であったのです。それでは、私の知っていたあの春田のおじさんはいったい誰だったのでしょう。私が心から慕い、尊敬していたおじさんは確かに生きていたのに、それを裏づける戸籍も、両親、兄弟のことなどいっさいを知る手がかりがなく、おじさんは宙にういてしまったのです。「ゆうれい」ということばが自然にうかんできました。実体のつかめないという意味で。おじさんを苦しめ、おばさんを苦しめたハンセン病への偏見を私は強く憎みます。

皆さんは「ゆうれい」の正体に少しがっかりされたかもしれませんね。けれど、自分が一番信じていた人が、どこの誰ともわからない人だったと知ったら、大きな衝撃を受けると思います。敬愛園には火葬場も納骨堂もあります。これは患者を一生涯そこから出さないための処置であるのです。それほどまでに「らい予防法」という法律のもと隔離政策はなされました。

納骨堂に納められたおじさんの骨壺にさげられた名札は、春田の偽名のままでした。おじさんはどんなにありのままの自分で暮らしたかったことでしょう。仮の生活にしては、あまりに長い四十年であったと思うのです。

今も偽名で暮らしている人はたくさんいます。ごめんなさい、実は私の山口も偽名です。それは、私も主人も地元出身ということで身内へ迷惑をかけてはいけないという配慮なのです。おじさんをゆうれいにしてしまって申しわけないのですが、私の中にそれでも春田のおじさんは生きつづけていくと思います。「ゆうれい」の話は、本当は悲しい話でありました。がっかりしましたか。


山口さんからは、みんなの疑問に答えるため、質問コーナーを設けたい、という提案をいただきました。ハンセン病という病気のこと。療養所という施設のこと。そこで暮らす人々（療養者）のこと。山口さんご自身のこと。その他何でもできる限り答えます、とおっしゃってくださいました。生徒のみんなだけでなく、これを読んでくださっている保護者の方々や先生でもかまいません。辻村まで届けていただければ、そのままの形で山口さんにお送りしたいと思います。（T）

社会科つうしん

山口さんの手紙を読んで

１９９９年１月１１日（月）

このあいだ、山口さんの「ゆうれい」の話を読んでもらった後、みんなに「感じたこと、考えたこと」と「質問」を書いてもらいました。もしあれば……と言ったので白紙のまま提出した人もずいぶんいました。感じたことがあってもことばにならないというのも、ごく自然なことだと思います。今回はその中から何人かの感想を紹介します。（T）

偽名を使っていることに一番おどろきました。ハンセン病のせいで家族まで被害をうけるなんて、一番にハンセン病の人、それから家族の人はとてもかわいそうだと思いました。（2C　板谷築磨）

かなしいこと。この手紙を書くということは、勇気がいると思う。僕たちが知らないことを教えてくれてありがとうございます。これからも手紙を書いてください。楽しみ

にまっています。　　　　　　　　　　　　　　　　　　　　　（2D　李民）

すごくつらい思いをしてるんだと思いました。一生偽名のままなんてすごくいやだと思います。子どももすごくかわいそうだと思います。私は今年の夏、星塚敬愛園に似た施設（親がいない障害児の施設）にボランティアにいったのですが、親とのぬくもりがわからないなんて、一番つらいことです。人々の差別はすごく大きいし、そんなに差別するという神経が私には信じられません。山口さんの強い勇気に、心をうたれました。（2B　金澤茉里奈）

「偽名」を使ってるというのにはおどろきました。でも身内の人たちへ迷惑をかけてはいけないという気持ちから、そうしなければならなくなったのですね。手紙をよませてもらって、ハンセン病への偏見があることで、偽名を使っている人がたくさんいると書いてあり、悲しくなりました。それに私はハンセン病で苦しんできた人、いる人が大勢いることを今まで知りませんでした。本当に偏見というのはこわいなあと思いました。そして私みたいにふつうに生活できる、それがどんなにありがたいかをもっと感じるべきだと思いました。今の生活がふつうだと思っていたけれど、手紙を読んで、「今の自分をもう一回みつめ直そう」、そんな気持ちになりました。

（2C　中條仁美）

法律が変わっても、やっぱり人の心はなかなか変わらないものなんだなと、しみじみ感じました。

（2A　遠藤治美）

自分の本名や出身地、すべて明かせないっていうのは、本当に苦しいことだと思いました。名前をかくすっていうのは、本当の自分じゃないっていう感じがするから、よけいに苦しいし、かなしいんじゃないかと思いました。

（2C　本間知重子）

社会科つうしん

続 山口さんの手紙を読んで

１９９９年１月１２日（火）

私は「ハンセン病」のことは知りませんでした。社会科通信で、山口さんからの手紙で、初めて知ったことがたくさんありました。すごい差別を受けていたこと、偽名のこと、未感染児童のことや、隔離されたことなど、その人の家族や日本政府は、すっごくその人に対してひどいことをしてきたなぁーと思いました。今も差別し続けている人は、考え直すべきだと思います。患者さんたちは、本当に苦労して暮らしているんだと思いました。（2A　山内まり）

山口さんの文章を読んで、私は日本には私の知らないコトがまだまだたくさんあるんだとすごく感じました。だから、辻村先生からハンセン病の話を聞いたりして、本当におどろきました。療養所の中では、身内に迷惑をかけないために本名をいつわったりするのが普通だなんて、とても悲しいことだと思いました。だから前にハンセン病の中でどうどうと本名をあかした人がいると聞いたとき、すごく感心しました。そしてその人はすごく勇気がある人だなと思いました。私は病気のこととかよく知らないけど、ハンセン病とか病気のために家から追われた人々には、これからも病気にまけないでがんばってほしいと思います。

（2D　宇田川郁美）

今よりちょっと前まで法律があって、療養所からは出られないということを聞いておどろきました。それでも最近は法律がとかれたというのを聞いて、もっと前からそうなっていればよかったし、そういうことを考える人が少しでもいれば、ずっと苦しまずにすんだのになと思いました。

（2A　滝上冬香）

もし自分の近くに「らい」にかかった人がいたら、ぼくもやはり差別してしまうかもしれない。手紙を読むと、いつも悲しい気持ちになる。いつか差別なしで暮らせるといいと思う。

（2C　中島健太）

とても山口さんはつらい思いをしてきたんですね。私は毎回山口さんの話にすごく関心をもっています。山口さんの話は胸がぎゅうと押されるようになり、山口さんの立場に自分が立ったときどういう気持ちになるか、毎回考えさせられます。また、お手紙来たら読みたいと思います。

（2D　岡田朋子）

なんで今も偏見があるのか、悲しく思った。これだけマスコミや医学が発達しているのに、そういう偏見や差別が残るのはどうしてだろう。国だって「らい予防法」をなくすのが遅すぎると思う。たとえ法律をなくしても、すぐ物事が変わっていくわけではないけれど、謝罪もすべきだと思うし、正しいことをもう一度ちゃんと公表するべきだと思う。何だか今も偏見を持つ人がいるのには驚いたし、悲しい気がした。病気を患った人が、どうしてこんなに辛い思いをしなければならないのか、たとえ偽名でも山口さんが謝まることではないと思うし、そういう偏見を持つ人は、迷信を早くあらためてほしい。どうぞ体に気をつけてください。

（2D　田中健彦）

社会科つうしん

山口さんからのお手紙です。

１９９９年３月３日（水）

宮前中学校の皆さん、こんにちは。今日ははじめに皆さんにお礼をのべたいと思います。ありがとうございました。

「社会科通信」に文をお送りしているのですけれど、やはり療養所という特殊なところにいるわけで、きっといろいろな疑問が生じるのではと思い、質問コーナーを設けたいと辻村先生に提案したのです。辻村先生はすぐにこのことに同意を示され、今回皆さんに感想と質問を紙に書きだしていただきました。先生は、それを全部、私のほうにお送りくださったのです。生徒さんたちの生の声を届けたいということで。

私は質問コーナーのことは自分で言っておきながら、まあ、十件くらいかなと思っておりました。辻村先生は皆さんの質問をファイルにまとめたのも一緒に送ってくださったのですが、その多さにまずびっくりしました。

今頃の生徒さんたちは活字ばなれ、さめているとか聞いていたものですから、真実は書き送っているのですが、そんなに読んでいてくださるとは思っていなかったのです。

そして、お一人おひとりの感想を読み進むに従い、皆さんの素直な感性にうたれました。率直な疑問に対しても、本当に知りたいという真意がみえ、私はなんとも言えない感動をおぼえました。すごく、うれしいです。ですから、質問すべてに答えなくてはと思いました。が、重複しているものも多いので、ハンセン病のこと、星塚敬愛園の施設等に関しては資料をお送りし、それでお調べいただくようにいたしました。

その他のこともすべてお答えしたつもりです。ただ一つ皆さんに誤解を与えたかなと思うのは、文中に「かつてハンセン病がらいと呼ばれた時代には強制隔離がなされた」というところです。「かつて」というのは過去にとか昔にという意味です。時代は大正から昭和三十年代まででしょうか。それ以後は取締りもゆるみ、強制隔離はなくなりました。が、偏見は根深かったので、収容された患者たちは出ていくことができなかったのです。今は外出も自由ですし、社会復帰した人たちも多く、結婚し、子どもさんのいる方もいます。

今は開かれた療養所をめざし、スポーツ交流、患者さん自身の地域講演などが行なわれ、外からの来園も増えてきました。

　さて、質問された方の裏面に答えを書きましたが、この作業は楽しいものでありました。お一人おひとりとお話ししているようで、それから、質問された方の分はすべてコピーいたしました。大切な心の財産として保存したかったものですから。勝手をお許しください。

　また、辻村先生のお話では、思っていることが文にならない生徒もいますということでしたが、私はたとえ白紙でも、その方々の思いも受けとめることができたと思っています。

　本当に皆さん、ありがとうございました。皆さんに文を送ってよかった。こんな形で自分にはねかえり、心を満たしてくれたのですから。これからも、よろしくお願いいたします。今回は質問について書きましたので、次回に「慧星」のことを書きたいと思います。

山口さんは、みんなの質問の中で多かった、ハンセン病という病気に関することと、療養所（星塚敬愛園）の施設に関することは、参考になる資料をさがして送ってくださいました。興味のある人は私のところにパンフレットや資料があるので、ぜひ見に来てください。

それ以外のたくさんの質問については、みんなが書いた紙の裏にひとつひとつ答えを書いて送り返してくださいました。この号と一緒にみんなに手渡しますが、率直で心のこもったものばかりです。それらを読みながら、私も胸が熱くなりました。山口さんは同時にくださった私への私信の中で「思いがけない生徒さんたちの感想文にふれ、どんなにか慰められ、励まされたかわかりませんでした」と書いておられます。むしろ私たちのほうが、山口さんとこうして交流できることに、心から感謝したいと思いました。（T）

社会科つうしん

山口さんへの質問

１９９９年3月10日（水）

二学期の終わりにみんなに書いてもらった質問を山口さんにお送りしたところ、ごていねいに返事（回答）を送ってくださいました。今回はその中から、いくつかを紹介します。（T）

山口さんは療養所でいつもなにをしているんですか。（2C　辻早希子）

午前中は医局での治療（ハンセン病の薬はのんでいません。無菌なので）、歯科、外科等。けれど一カ月に四～五回行く程度。それよりも患者さんには作業場が希望によって与えられているので、私は裁縫の仕事を午前八時三十分～十時三十分までやっています。午後は町へ買物とか、テレビを見て手芸（編物）をやっています。

「らい予防法」がなくなったとき、山口さんも含めた療養所の

人々の気持ちはどんなものでしたか。（2B　畑川剛志）

やはり、これで自由になったという解放感でしょうか。それまでは、医局が発行していた「外出証明書」を持って外出していましたから。それには、「この者は無菌である」と医師の証明がなされていました。

山口さんにとって療養所というのは、どんなところなんですか？（2A　滝上冬香）

結局、ついのすみかとしか言いようがありません。仮の生活のつもりが本当の生活になってしまったのです。受け入れる家族はいませんし、ハンセン病の後遺症もありますから、（主人も）社会復帰はむりなのです。

社会科つうしん

続 山口さんへの質問

１９９９年３月２３日（火）

山口さんも一生を療養所の中で暮らすのですか？　今のこの生活にまんぞくしていますか？　自分の家族や親類に会ってみたいと思ったりはしないのですか？（２Ｃ　渡部明日香）

一生療養所で暮らすことになると思います。身体障害者でもありますし、受け入れてくれる身内がいないですし。でもそんなに悲しい人生とは思っていません。主人と、たくさんの友人がいますから。今の生活は経済的にも生活するのに不満はありません。家族はこの後も多分私たち（私には同じ病気の姉が三人もいるのです）に逢ってくれないでしょう。こちらが望んでも相手の望まないことは、この世にはあるのです。でも、本音は逢いたいです。

生活でいやなことやつらいことがありますか。（２Ｂ　山下史）

生活的には現在恵まれていますから、特にはありませ

んが、子どものいないこと、兄や姉（健常者の）との交流がなく、故郷に帰れないこと

のさびしさは常にあります。

すごく答えるのがつらいかもしれませんが、今までで一番つらかったことはなんですか。（2B　金澤茉里奈）

つらかったことは、療養所内で亡くなった母のこと。母はガンで、私が十九歳のとき亡くなりました。それと父の死。父は健常者で、療養所の外にいましたが、同居している兄が私たちの葬式への参席を拒み、患者の私たちが父の死を知ったのは一カ月後でした。

政府が出した隔離政策に対してどう思っていましたか。政府が隔離政策を出したのに対し、訴えようとしている人がいると聞いたのですが、山口さんは訴えようとは思わないのですか。（2D　岩崎淳）

隔離政策はゆきすぎだったと思っています。なお、私は今回の訴訟団の中には入っていません。これからも入りません。理由、主人が望まないから。

私たちが山口さんや山口さんのような人のためにできることってありますか？（2A　匿名）

自分の周囲にいる体の不自由な方を見かけたら、声をかけてあげてください。こんにちはでいいです。そして困っているときの手助けでしょうか。

★この号を出すに当たって、山口さんにコピーを送り、出してもよいかと訊ねました。いただいたお返事には「いっこうにかまいません。あんまり打ち明けすぎたかなと思いもするのですが、生徒さんたちにだけは素《す》の自分でいこうと思っているのです」とありました。胸が熱くなりました。

（T）

社会科通信

山口さんからのお手紙です。

1999年5月1日(土)

宮前中学校の皆さん、お元気ですか。

新学期となって、皆さんは中学三年となられ、マラソンなら最終コーナーを走り出した(歩いてもいいですが)というところでしょうか。これからさまざまなプレッシャーもふりかかってくるでしょうが、中学三年のときだけの体験の一つぐらいに思って、ジャンプ力を養いつつ、乗り切っていってくださいね。

では本文に入ります。星塚敬愛園より車で一時間半ぐらいのところに輝《き》北町《ほくちょう》という町があります。山々に囲まれ、本通り側の家さえ、三、四十軒、あとは畑というこの町が全国に知られたのは、ここが日本一星がたくさん見える町に選ばれたからです。

輝北町はこれを町おこしに使うことにして、まず山頂に天球館という天文台を作り、駐在所は星型の家となり、あちこちに星の町のポスターがはられました。さっそく、私たちも見学に行きましたが、天球館は車で三十分も走らないといけない、本当に山の頂きにありました。一階の壁には月、火星、土星などのパネルがはられ、二階がプラネタリウム、三階に天体望遠鏡が設置されていて、係員の説明があった後、その天体望遠鏡で見せてもらったのが、なんと昼間の星だったのです。夜の星なら誰でも知っていますが、昼の星なんて考えてもいないことで、びっくりしました。けれど、昼、太陽にかくされているけど、たしかに星は存在していたことを、望遠鏡のむこうに白っぽく光る物で確認したとき、とても感動しました。

真昼の星の存在が新しい発見となった一日でした。皆さんも、さがしてみてください。

それとは別の一九九七年三月のこと。敬愛園の外は一面畑なので、広い視野で空が望めます。七時頃、夕暮れてきた西空を私はながめていたのです。すると、またたきはじめたほかの星とあきらかにちがう不思議な星を見つけたのでした。その星は全体に淡いブルーでぼやけていて、形はコップのような少し楕円に見えて、私はすぐに家から双眼鏡を持ってきて、その星に焦点を合わせてみると、その星はうすす青い尾を引いた慧星だったのです。一カ月も前からマスコミがこぞって報道していたヘールボップ慧星を自分の眼でとらえることができて、驚きと喜びで叫び出しそうでした。慧星は思ったより足が速く、すぐに隣の屋根にかくれてしまいました。その後の一週間、私は毎夕、慧星を双眼鏡でながめ、この悠久のときからの訪問者と対話を楽しみました。ヘールボップ慧星の軌道はこれまた、天文学的で、縄文人も見たと言われ、この後、地球上に現われるのは二千四百年後といいますから、考えるだけでも、すごいの一言に尽きます。

このときの感動をうまく文章に盛りこめないのを、もどかしく思います。

皆さんも塾や、部活の帰りにでも、星や月を見ることがあったら、一億光年というとほうもない距離を思って見てください。人間社会がとても小さく見えて、いい心の転換になりますよ。では次は「竹笛」について書きます。

三年生になって初めてのお手紙です。今までいただいたお手紙とは、少し感触が違うように感じたのですが、みんなはどうですか。山口さんは、私への私信の中でこのように書かれています。「自分がうけた感動をどうしても知ってほしくて、このような文になりました。今までとちがいますけど、中三という一番むつかしくてつらい一年間をがんばってほしい、という願いがこもってしまいました」

山口さんからのメッセージを、しっかりと受け止めてほしいと思います。　（T）

社会科通信

山口さんからのお手紙です。

１９９９年7月１４日（水）

宮前中学校の皆さん、お元気ですか。

早いもので、私がお手紙さしあげるようになって一年がたちました。皆さんは中三となり、日々忙しく生活しておられることは辻村先生より伺っております。毎日の生活に流されがちですが、その中の一つか二つは心の中にとどめておくと、きっと後で役にたつと思います。今日は昔の話をします。

星塚敬愛園の周囲は、今も檜《ひのき》の木が植えられています。私が子どもの頃には、その木と木の間には二重、三重に有刺鉄線がはられていて、外と遮断されていました。本当のところは、隔離している患者を逃がさないためのもので、幼い私を連れてその近くを通るとき、母はいつも「逃走すると監獄に入れられるんだよ」と言うので、「トーソー」ということばと、「カンゴク」ということばは恐ろしいものとして、私の胸に残ってしまいました。大人たちの話の中に園内のどこかに監獄があることも知っていたからです。

若い患者が有刺鉄線のすき間から逃げ出して、近くの住民の通報によって捕まり、みせしめに監獄に入れられるということもあったのです。ですから、子どもの私が近よることのない場所であったのです。

園内の分校のある地域は谷一つ越えた、大人たちの居住区と離れたところにあり、そこに女子寮、男子寮があって、女子のほうに寮母さん、男子のほうに寮父さんがいて、寄宿舎生活をしながら、学校に通う生活でした。

周囲は杉林、松林、梅林、雑木林と自然のまっただ中で、外との境界がはっきりせず、有刺鉄線も見あたりませんでした。

ですから、四季折々、子どもたちは自然の中で先生方との生活を送っていたのです。

が、一日、二回、また、三回、子どもたちが静まる時間がありました。それはいつも分校の裏の雑木林の中の小道を一人の男の人が通るときでした。自転車を押して、ゆっくり歩いてくる人影、近くにいた子どもたちはさっとはなれ、遠いところにいる子どもたちでさえ、その男の人の姿を認めると、身をひそめ、見守るのです。

そして、その男の人の姿が消えるとまた、いつもの遊びにもどるのでした。

その人は巡視《じゅんし》と呼ばれ、園のすぐ外を見廻って歩く人なのですが、本当の仕事は逃走する患者を見つけたり、逃走した患者を捕えることだったのです。

子どもだった私は、その人が今思えば園の職員だったのですが、ずっと警察の人と思っていました。「トーソー」と「カンゴク」と「ジュンシ」は子どもにとって、恐ろしい意味しかもたず、その人に近よるなんてもってのほかで恐れていたのです。

巡視の人は三人くらいはいたようで、ときどきちがう人が見廻ってきて、その中の一人が、いつも黒い服を着て、大柄で太っている人で、自転車が小さく見えるくらいでした。

また、今回もつづきとなってしまいました。次に本当に「竹笛」のことを書きます。

社会科通信

山口さんからのお手紙です。

1999年9月1日（水）

宮前中学校の皆さん、夏休みも終わりましたが、夏の思い出を作ることができましたか。

私は辻村先生と皆さんのおかげでいい思い出を作ることができ、とても良い夏でした。ありがとう。

さっそく、前回のつづきにいきたいと思います。もう、二カ月すぎたので、前回のことをお忘れになっているかと思いますが、私が療養所内の分校に通っているときの話です。

当時はまだ隔離政策がなされ、患者の取締りは厳しいものでした。療養所の周囲には有刺鉄線がはられ、周囲を巡回する職員もいて、逃走する患者を捕まえたりしていました。

その職員のことを私たちは巡視と言っていました。子ども心にもその人たちは恐ろしい人で、近づくと捕まえられそうで、遠くから見るだけの人だったのです。

ところがある日、私は小学三年くらいだったでしょうか、学校の近くの竹林の中の空地で一人で花を摘んでいました。夢中だったのでわからなかったのでしょう。ふいと近くに人影がさし、そこに体の大きい巡視の人が立っていたのです。私は恐ろしさで動くこともできませんでした。巡視の人も驚いたようですが、私が今にも泣き出しそうだったので、「心配しないでいいよ、捕まえたりしないから」と意外とやさしい声で言ってくれました。

その人は押していた自転車を立てると、草にどっかり坐り、つったっている私にも坐るように促しました。私がなるべくはなれて、おそるおそる坐ると、「それは何の花?」とか、「今、何年生?」とか話しかけてきました。逃げ出すきっかけをうしなったというか、思いがけない巡視の人間性にふれたというか。

質問に素直に答えるうちに、もう、恐ろしさは消えていきました。そのひとときのことは宿舎に帰っても、寮母さんにも誰にも言いませんでした。そして、その後も、竹林の空地に花摘みに行きました。すると、また、その巡視の人と逢い、坐りこんで、たあいない話をしてすごしましたが、あるとき、巡視の人は(その頃には名前が神田さんということも知っていました)、ポケットから小刀を出して、すぐ近くの竹の枝を切り、器用にけずり、笹の葉を入れこんで一本の竹笛を作り、私にくれました。吹くとピーピーと鳴り、私は大喜びで神田さんにお礼を言いました。それから、神田さんは逢うたびに竹笛を作ってくれて、音色のちがう竹笛が私の引き出しにふえていきました。二人で風の音しかしない竹林の空地で、竹笛を鳴らすひとときは楽しいものでした。

巡視の神田さんと患者の私は、たとえて言えば敵味方のはずなのに、私が子どもだったこともあるでしょうが、一番、恐れていた人とでさえ、心の交流ははかれるものだということを、私はこのことで知ったのです。

今でも、私は神田さんの手ほどきのおかげで竹笛が作れます。これも私の小さな自慢です。

皆さんも恐れず人との交流をはかってみてくださいね。

次回は高校生活について書きます。夏バテしないでがんばってくださいね。

샤가이가쿠쉰

社会科通信

SHAKAIKA TSUSIN

山口さんからお手紙です。

1999年10月26日（火）

宮前中学校の皆さん、お元気ですか。

今年は猛暑でしたが、鹿児島のほうは、七月、八月、九月まで、ずっと雨か曇りの日ばかりで、すっきりと晴れた夏空を見ないまま、秋になってしまいました。

私の好きな夏の星座「さそり座」が南の空に大きな手を広げているのを見る日も少なく、十月に入って晴れた日が続き、久しぶりに空を仰いだら、もうずいぶんと西のほうに進んでいてがっかりしました。

さて、以前、皆さんから質問を受けたとき、「英語がわかりますか？」というのがあって、私はその方に、「一応、定時制ではありますが高校に行ったので読むくらいならなんとかできます。話すことはできませんが」と答えました。けれど、つけ加えるなら、訳すのも今はもうむりです。

国立療養所に入っている患者がどうしてと思われるで

しょうが、確かに高校は存在していました。今は閉校になりましたが。

昭和三十年代、各療養所には多くの患者さんが収容されていて、星塚敬愛園でも、千二百人近くが入所していました。児童患者は五十名ほどが、分校で学んでいたのです。

強制隔離から患者の自主的入所へと療養所も変わりゆく時代に入り、患者さんたちも自身の権利のために自治会を作り、それは全国組織へと発展し、今の全療協（全国ハンセン病療養所入所者協議会）になりました。本部は東京の多磨全生園にあります。

全療協は患者さんたちの生活改善のため、厚生省（現・厚生労働省）に要求、陳情を続けたので、少しずつ療養生活は良くなっていき、若い患者さんは、ハンセン病の新薬「プロミン」によって治癒して、社会復帰できるまでになっていきました。が、ハンセン病に対しての社会の状況は決して理解あるものと言えませんでした。

そこで、より高い教育を与えることで、若い社会復帰を望む人たちのハンデを少しでも軽くしたいと思い、全療協は高校の設立を強く、要求しました。全国には社会復帰予定者とも言える若い患者さん（児童をふくむ）が数百人もいたからです。

世界的にも珍しいハンセン病患者のためだけの高校がここに誕生したのです。一九五五年のことでした。が、設立の場所は難航しました。広い敷地が必要で、多数の新規の患者さんの受け入れ、問題はたくさんあったからです。

強制隔離はなくなっていても、依然、管理下に患者さんたちはいたので、園外に作るわけにいかず、結局、岡山県の瀬戸内海の小島にある療養所内に開設されました。

岡山県立邑久《おく》高校新良田《にいらだ》教室というのがその高校の名称です。定時制なので四年制、一期ごと三十名の定員、全寮制で、女子、男子の寄宿舎、講堂、図書室、職員室などが完備されていました。食事は全員が定時に食堂でとるようになっていました。

今回は三回にわたり高校のことを書きたいと思います。寒くなりますので、皆さんお体大切に。

社会科通信

山口さんからお手紙が届きました

１９９９年１２月２４日（金）

宮前中学校の皆さん、お元気ですか。

中学時代最後の冬休みとなってしまいましたが、受験をひかえていますから、そんなにのん気なものではないでしょうね。

けれど、今はなんでも吸収、なんでも体験です。若さというのはものすごく弾力があって、なんでも受けとめ、はねかえせるのです。私は中学の頃は本の虫でしたが、その本からの知識でその後、ずいぶん、とくをしましたよ。

皆さんも、頭休めには本、マンガでも読むことをおすすめいたします。

さて、前回、私の高校進学のお話をしました。前段は、このハンセン病患者のために設立された定時制高校についての説明でした。私は療養所内の分校で小学校も、中学校も終えましたので、とうとう、本校の校歌も、制服、校章も知りませんでした。もちろん、本校に行くことなど許されるはずもなく、どこにあるかも知りませんでした。それが、高校に入学し、はじめて、制服、校章を身につけ、校歌を皆と歌ったときの感激は忘れることができません。全校生徒数百二十名、教師は全員、本校からの派遣でしたから、高校も分校といってよかったでしょう。

全国十三カ所の療養所より受験し、合格してきた生徒たちでしたが、年齢の制限がありませんでしたので、二十歳すぎの方もおられ、私たちからすると、おじさんに見える人もいました。けれど、教室では皆、同じ一年生、熱心にノートを取り、一緒にバレーや、ソフトボールなどにがんばって、けっして年齢のハンデなどに負けませんでした。むしろ、若い私たちのほうがどうしても、遊びのほうに行きがちなのに、教室に居残って勉強していました。それはやはり、年齢的にも一日も早い社会復帰をという目標のため、あらゆる知識を得たいと思ってのことでした。社会はまだ、それほどに、ハンセン病に対し、理解していなかったからです。より多くの知識を持っていれば、外での生活に少しでも順応できると考えたのでした。ハンセン病患者が、外に出て行くということは、心も体も大きな闘いであったのです。

けれど高校のある長島愛生園は、岡山県の瀬戸内海の小さな島にあり、その島は、船なら一時間くらいで周れましたが、起伏に富む、おもしろいところでした。

長島には本当に小さい弁天島という小島が近くにあり、そこが干き潮になると道が現われ、渡れるようになるのです。その周辺の岩場はカキの宝庫で、よく友だちとカキ採りに出かけたものでした。そして、弁天島で遊んでいて、満ち潮で道がなくなり、次の干き潮まで閉じこめられたりと、冒険がたくさんありました。

皆さん、療養所にいる私でさえ、このように、けっこう学ぶ楽しさ、知る楽しさを知ったのですから、広い社会にいる皆さんはもう、無限大なのです。冒険も好奇心も、生き方を広げてくれますよ。高校は私にとって、その幕開けだったのかもしれません。

少し寒くなってきましたね。まず体調をととのえて受験にのぞんでください。

社会科通信

山口さんからみんなへ最後のお手紙です。

2000年2月29日（火）

宮前中学校の皆さん、お元気ですか。

中学三年の三学期、卒業をひかえ、毎日あわただしくおすごしのことでしょうね。そして、その前の受験、けれどそれについてはふれないでおきます。励ましがプレッシャーになること、私、体験から知っていますので。

さて、皆さんに私の高校生活を二回にわたって書いてきましたが、この手紙をもって、終わりとし、皆さんとのお別れにいたしたいと思います。下手な字と文に、二年間もおつきあいくださって本当にありがとうございました。

皆さんとの交流が私にもたらしてくれたものは、とても、とても大きいものでした。

その間、皆さんの質問に答えたり、また、辻村先生が送ってくださった皆さんの文集や、「社会科通信」は、私が、大切な物だけ保存している書棚に一杯になっています。が、それらはこれからも、しまわれることなく置かれ、私の生活の折々の活力になっていくと思います。本当に皆さん、ありがとうございました。皆さんの、これからの人生が、幸多いものでありますよう、今も、これからも祈っています。

さて、私の高校生活で私が一番求めたものはなんだったのでしょう。それは未知なるものへの期待です。逢ったことのない級友たち、今から知る知識、そして先生たち、中学三年になるまで、敬愛園を出たことがなかったので、高校のある地、岡山もふくめ、すべてが未知のものへの期待となって、胸がふくらみました。そして入学、制服、校章、校歌までもが皆、はじめてでしたから、とても新鮮で、毎日が体験、発見となって楽しく充実したものとなりました。

皆さんも新しい高校での生活の中に、もしかしたら自分の人生に一生かかわって、力になってくれる友人との出逢い、また、辻村先生のようなステキな先生（私は辻村先生のお顔もお姿も存じあげないので、どのようにでも想像できますので。ここは削除かな？）が待っておられるかもしれませんよ。

今年の十月にその高校「新良田教室」の同窓会が岡山であります。高校は閉校になり、そこの卒業生は三百人以上になりますが、四年に一回開催される同窓会の出席率の高いこと、毎回百人以上の参加があります。療養所に残っている人だけではなく、社会復帰した人たちも家族連れで参加して、それはにぎやかな交歓会となります。五十代、六十代になった同窓生たちがそのときにはあのときのクラスメート、先輩、後輩にたちもどり、あだ名がとびかい、本当に楽しい一時となるのです。そして、皆が一様に言うこと、「ここで得るエネルギーは大きい」と。私が高校で得たものは数限りなくあるのですが、この同窓生たちとの深い絆が一番であったと思えるのです。

特殊な世界であったのかもしれませんけれど、その後の人生の折々に、友情はいつも助けてくれたことは確かです。

皆さん、未知なるものへの出逢いを楽しむ人生にしてくださいね。さようなら。

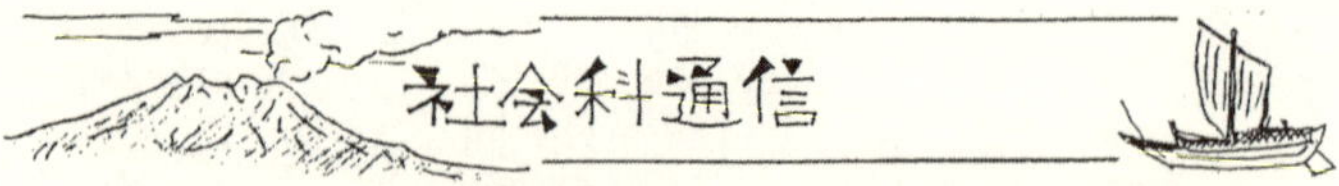

こんどは山口さんを紹介します。

2000年6月22日（木）

松ノ木中学校の皆さん。皆さんには初めてのお便りになりますね（注）。私は山口シメ子といいます。

私には十六年間お手紙のやりとりをしている東京在住の友人がいます。名前は荒井俊雄さん、「社会科通信」にお手紙出しておられますよね。その荒井さんを通じ、私は辻村先生を知る機会を得て、辻村先生より、「社会科通信」へのお手紙の依頼があり、この手紙をしたためています。

皆さんは乙武洋匡さんの『五体不満足』をお読みになりましたか。

私は読みました。このことは荒井さんもふれておられましたけれど、乙武さんのおっしゃっている中でバリアフリーはもうずいぶん流行語のように使われていますが、もう一つの「障害者は不自由ではあるが不幸ではない」ということばには「そうだ」と納得しました。それは私も障害者であるからです。

誰もがまず見た目で判断をしますから、そのよう（不幸な人）に思われがちですが、テレビで見るあの乙武さんのさわやかな笑顔はなんなのでしょう。

それもけっして作りものではない笑顔です。そこに見るのは心の健全さです。あの本当に奇異とも思える体であっても心の健全さが育つすばらしさが、ベストセラーにつながったのかなと思いました。

この前、所得番付けを新聞で見ましたけれど、乙武さん第四位でした。

皆さんも、将来、物書きになるのもよいかもしれませんよ。私のことはこれから徐々に説明していきたいと思いますが、ちょっと特殊です。荒井さんも辻村さんも、私のことはご存じでおつきあいくださっています。

先入観というのは意外に後々まで残ってしまうものですから、乙武さんのおっしゃっている意味を考えつつ、障害者の方に出逢ったときに見守ると、また、ちがったものとなると思います。それは広い視野につながりますよね。

（注）二〇〇〇年四月、宮前中学校から松ノ木中学校に転勤になりました。松ノ木中学校でも、生徒のために山口さんにお手紙をお願いしました。（T）

社会科通信

2000年7月11日（火）

松ノ木中学校の皆さん、お元気ですか。

これから、月一回のペースでお手紙さしあげますので、よろしくお願いいたします。

さて、皆さんはベーチェット病、パーキンソン病という病名を聞いたことがありますか。どちらも難病ですよね。

特にパーキンソン病は筋肉が徐々に萎縮する病気で、アメリカの俳優で「バック・トゥ・ザ・フューチャー」に出演された、マイケル・J・フォックスさんがこの病気になり、今回、舌がもつれて、台詞《せりふ》がしゃべれなくなったことを理由にテレビ番組を降板されたことを、テレビで映していました。スタッフと抱きあって別れをおしんでおられ、とてもお気の毒に思いました。アメリカの男優の名前を私がどうして知っているかといいますと、私、大の洋画ファンなのです。この話は、また、いたしますね。

さて本題、皆さんはハンセン病という名前の病気を聞いたことがありますか。ものすごく歴史のある病気ではあります。聖書の中にも出てきますから。昔はらい病といわれ、恐れられた病気で、それをイエス・キリストが奇跡によっていやされたとのっています。

皆さんのご両親も多分、ご存じなくて、おじいちゃん、おばあちゃん時代の方が知っておられるかもしれません。そのハンセン病の元患者が私です。らい病と言われ、忌み嫌われ恐れられた理由は、外見に現われる変形がひどかったから。まず、誤解が生まれ、また、日本だけがこれを法定伝染病として、強制隔離という手段をとり、全国十三カ所の療養所に患者を収容したので、さらに国民は、恐ろしい病気と認識してしまったというわけです。

今も青森から沖縄まで十三カ所の療養所は残り、全国で四六〇〇人ほどの患者が収容されています。私はその一つ、鹿児島県の星塚敬愛園というところに入所しています。入所というと何か罪人みたいですね。でも、それが平気で使える暗い歴史は現在までも、患者さんがおっていることは確かです。

社会科通信

２０００年9月2日（土）

松ノ木中学校の皆さん、この厳しい夏、やっと夏休みに入り、ホッとされていることでしょう。

海、山、また、海外旅行など、楽しいプランも二年生まで。三年生は来年の受験にそなえ、のんきな休みとはいきませんよね。

さて、今回も洋画から話に入ります。最近トム・ハンクス主演の「プライベート・ライアン」を見ました。前半、浜辺から上陸するとき、敵との銃撃戦となり、悲惨なシーンの連続でした。戦争は結局、一人一人の命の戦いであるということをまざまざと見せつけてくれます。

皆さんもごらんになってみてください。

その戦争がハンセン病と深く関わっていたのをご存じですか。それはハンセン病がらい病と言われていた時代、日本は軍国化していき、天皇は神とあがめられ、人々は神の民、神国とするという美名のもと、国益にならない障害者、体の弱い人（軍人として使えないので）、そして、らい患者はもっとも汚れた者として、排除の対象とされたのでした。

その手段がその人の人権を完全に無視した患者狩り、強制隔離であったのです。私も、母、姉たち五人で、この強制隔離で星塚敬愛園に収容された一人です。そのとき私は四歳でした。中には八カ月の乳児を置いて収容された方もいます。純粋国家を作るという名目のもと、裏では、弱者への工作がなされていたのです。そのために、数え切れないほどのらい患者が、また、その家族が離ればなれの生活を強いられ、根深い患者への偏見にさらされ続け、悲惨のかぎりをなめつくす結果となりました。

アメリカの映画はヒーローを作るのが好きですよね。トム・ハンクスもある面、そのようにえがかれています。けれど、戦争はあらゆる面で個人につながり、その裏にはもっとかくされたことがあるのを知るべきだと思うのです。表面だけでなく、奥深く見るのも映画のもう一つの見方、面白さだと思います。

この夏は一本映画を見よう！

山口さんから七月末にいただいたお手紙です。四歳で強制隔離……という現実について、じっくりと考えてみてください。（T）

社会科通信

山口さんから4通目のお手紙です.

2000年9月21日（木）

松ノ木中学校の皆さん、楽しい夏休みをすごされましたか。私は高校野球で楽しみました。九州勢が勝ち残っていったのでなおさら応援に熱が入りました。残念ながら全校敗退しましたけれど。

ところで辻村先生のお手紙で知ったのですが、松ノ木中学野球部は大変強いチームなんだそうですね。いつか、そのチームの中の何人かの方を甲子園で見ることになるのでしょうが、楽しみに待っていますから、がんばってください。

さて、今回もまだ夏なので、映画からお話に入っていきたいと思います。私はアメリカの男優では、ハリソン・フォード、ケビン・コスナーが好きなのですが、ケビン・コスナー主演の「メッセージ・イン・ア・ボトル」という映画にとても感動しました。ボトルの中に手紙を入れ、海に投げ入れ、拾われて、その手紙に関心を持った女性記者との愛の物語です。ラストは意外な展開になるのですが。

どこまでも広い青い青い海を何日、何年も漂い続ける一本のボトル、目の前にその場面を想像するだけで、ロマンというものを感じませんか。一生の中の小さな希望と期待、とても楽しいと思うのです。私はやってみたいです。皆さんは、これから海外旅行される機会もあるでしょうから、実現可能だと思うのです。

療養所にいる私がこのようなことを考えるのをふしぎに思われるでしょうね。でも、思うこと、願うことはその人の自由なのですから、身近なことばかりでなく、空想も必要と思います。自分の心に自由を与える、それも楽しいことに。私はこれを逃避とは思っていません。叶えられることの一歩かもしれないじゃありませんか。ですから、私はまず海に行こうと思っています。今はもう療養所は解放され、患者さんたちも自由に外に行けるのです。でも、そうなるまでのらい（今はハンセン病）患者の道のりは長い長い苦難の歴史でした。その話はまた、書きますけれど、重たい重たい話になることでしょう。

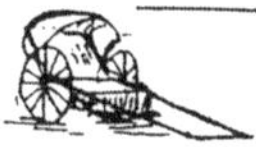

社会科通信

少し遅くなりましたが、山口さんからのお手紙です。

２０００年１０月１１日（水）

松ノ木中学校の皆さん、十月が目の前というのに日中はまだまだ暑いですね。こちらは今二十九度あります。けれどテレビで見ると東京は二十四度とか。涼しい季節になりつつあります。

さて、私が国立ハンセン病療養所星塚敬愛園に入園している患者であることはお話ししましたね。敬愛園の敷地は十万坪、東京ドームでいくつなのか想像できないほど広いです。平野の中にありますが、楓公園、桜公園などもあり、たくさんの樹々に囲まれ、遠くに横尾岳と自然に恵まれています。その療養所に現在、四百三十名ほどの患者が収容されています。ほとんど七十歳以上ですから、老人ホームといってもよいでしょう。ただ一つちがうのは、家族とのつながりが絶たれている人が多いことです。私もその一人。私には健常者の兄と姉がいるのですが、私はその姉と一回も逢ったことがありません。

四歳の私が強制隔離されたとき、姉はもう大阪のほうに嫁いでいたからです。私たちがハンセン病（らい病）とわかり、それが嫁ぎ先に知れると追い出されるからです。それほどにらい病という病気には強い偏見があったのです。姉は割と裕福な家に嫁いだ（これは母の話です）ので、なおさら私たちのことをかくし通したのだと思います。そして、今まで、音信どころか、どこに住んでいるのかさえ知りません。もう八十歳近いのではないでしょうか。そして、これからも姉の顔さえ知らないで終わることになります。兄とは母の葬式以来逢っていませんので、もう、四十年近くなります。多分、兄と姉は連絡をとりあっているのでしょうが、私たちが自分をとじこめたように、兄も姉も自分の心の中で姉妹、また母を封じこめてしまったのだと思います。これからも、二人の中でそれが開くことはないでしょう。でも、テレビでの再会もので抱きあって泣く兄妹の姿を見ると羨ましく思います。このような話は全国十三カ所の療養所の患者の身の上話の中では珍しい話ではありません。おいおい書きますね。ではまた。

社会科通信

２０００年１１月４日（土）

松ノ木中学校の皆さん、今回は私にとって、ビッグニュースをお知らせします。

それは高校の同窓会に出席してきたことです。小学校も中学校も療養所の分校で勉強して卒業してきた私ですが、高校も療養所内にある高校に行ったのです。場所は岡山県の瀬戸内海の小島のハンセン病療養所長島愛生園に設置された定時制高校でした。昭和二十年代、三十年代というのはハンセン病患者数が最も多く、若い患者さんも全国的に多く、また、少しずつですが、軽症の患者さんは社会復帰できるようになっていました。ハンセン病への隔離政策がゆるやかになっていったのです。そこで、若く社会復帰をめざす患者さんたちへの資格取得という点もふくめ、定時制高校が開校されました。これは世界的にも珍しいハンセン病患者のための高校でした。しかし、現在、その高校はもうありません。若い患者さんの減少にともない生徒数がへったことで閉校されました。けれど、卒業生三百余名が四年に一回（オリンピックの年）に同窓会を開催することに決定し、今回、六回目の同窓会が岡山の長島愛生園を主催として、牛窓《うしまど》というところに建っているリゾートホテルで開催され、全国から百十五名もの多数の参加あり、ホテルの大広間いっぱいの同窓生で、それは大盛会でした。社会復帰者も大勢かけつけ、また、恩師の先生方もおいでくださり、元同級生との語らい、後輩たちとの交流など、二次会、三次会へと流れ、ときがこんなに短いことをはじめて知りました。ハンセン病という重たい十字架を負っての社会復帰者の友人の苦労話など、どれほど胸をうったことでしょう。このハンセン病というものによって、高校という場で知りあい、共に悩み、苦しみ、また、励ましあったから、このようにたくさんの同窓生たちが出席したのだろうと思います。そして、この同窓会で得るパワーが明日からの生きるかてになっていると私は思うのです。出席してよかった。皆さんも、今から絆《きずな》を作ってくださいね。

このあいだ、山口さんとお会いすることができました。私にとってビッグニュースでした。山口さんがここに書いておられる同窓会のあと、東京に出て来られ、突然松ノ木中に

電話をくださったのです。東京、東村山にある全生園という療養所で、ゆっくりとお話することができました。温かで力強い素敵な方でした。（T）

社会科通信

2000年12月5日（火）

松ノ木中学校の皆さん、お元気ですか。

十一月も末となって、もうクリスマスのシーズンですね。一年って本当に早いと思います。さて、今、マスコミがよくとりあげることばに「キレル若者たち」「キレヤスイ奴」というのがありますよね。でも、あれ少しちがうと思うのです。たとえば時代劇ドラマなどで秀吉などが「むこう（敵側）には切れ者がそろっているゆえ油断がならぬ」と言ったり、会社の部長がほかの部長に「うちの課には切れるのが一人いるんですよ」と言ったりするのは、それは相手の才能を高く評価していることばなのです。秀吉の場合は、敵の武将の側近に戦《いくさ》上手がそろっていると評価し、部長は部下に企画力にすぐれた、アイデアマンがいると自慢しているのです。これが本来の切れ者の使い方だと私は思います。

多分、昔は名刀が多かったので、切れるという意味で使われたのでしょうか。

国語の先生にくわしく聞いてみてください。

そこで皆さんに質問、どっちの切れ者になりたいですか。つまり、自分の才能をのばし、それを高く評価される切れ者か、犯罪者となり下がる切れ者とです。

私はやっぱり前者の自分の才能を発見し、それをのばし、人々にも評価される人生のほうが、充実したものになると思います。それが自分の好きなものなら、なおいいですよね。

今が、その才能を見つけるよい時期だと思います。なんでも吸収する若い体と頭脳があるからです。私、本当に数学が嫌いでした。でも、やっぱり基礎である教育は受けていたほうがいいと、今、思います。なんでも勉強しなければ、自分の才能が見つけにくいからです。意外な自分への発見が、明日の授業で見つけられたら、もうけものですよね。

あんまりたくさんの才能を持ちすぎたのであれば、自分の好きなものにしぼればよいのです。それならあきがこないでやれるでしょう。

次は友だちのことを書きますね。

社会科通信

山口さんからお手紙です。

2001年2月1日（木）

松ノ木中学校の皆さん、二十一世紀おめでとうございます。二十世紀から二十一世紀への変換期に人類として遭遇できるというのは、やはり幸いなことではないでしょうか。

宇宙ステーションはもう現実のものとなり、海底都市、地底都市（地下街はもうありますが）なども、SFでなくなるかもしれません。皆さん、地球と人類という視野でこの世紀を生きていってくださいね。

さて、話はかわり、最近、新聞で新しいことばを知りました。それは「なかまぼっち」ということばです。下校のとき、四、五人の仲間同士でコンビニに立ち寄り、めいめい好きな物を買って食べるのですが、グループで入っているのに、食べている間も、その後も、皆、好き好きにマンガを読んだり、ゲームをしたりして一人ですごし、仲間との会話がなく、一時すごしてまた、皆で

「じゃあな」といって別れて行くのだそうです。仲間といながらひとりぼっち、だから「なかまぼっち」と言うそうです。

奇妙な光景ですよね。仲間、また、友人と思っているのなら、どうして話しかけてみないのでしょう。マンガでも、ゲームでも、自分が関心のあるものを友人がやっていたら、私なら話しかけます。だって、自分より友人のほうがそれにくわしかったら、教えてもらえるし、また、逆もありますから。それと同じように自分が疑問に思うことはすべて、口を使って人に聞いておかないと、いつか、口が退化してしまうかもしれませんよ。両親にも、先生にも、また友人にも、そして勇気をふるって、好きな人にもことばで伝えないと人はわかってくれません。私は結婚して三十五年になるのですが、いまだに、主人と話しあわなければ、わからないときがあるのですから、中学生の皆さんが、今から、会話をめんどうがっていると、知識は乏しく、言語を知らないまずしい大人となっていってしまうと思います。

ケイタイもあるし、パソコンもあるでしょうけど、自分が人間である以上、あらゆるところで、口はきかなければならないのですから、なめらかに、はっきりと相手に伝えるためにより多くの会話をして、ことばの勉強もしてくださいね。私は、初対面の人としゃべるのがとっても好きです。どんな人なのか、その人をさぐっていくのが面白いからです。

すると、見た目よりも内面が深かったり、やさしそうな外見の中に意外と冷たい面が見えたりして、いい人間観察、勉強になるのです。それを自身への反省の材料にすることもあります。一人ひとり皆ちがう個性をもっているのですから、自分が今、正しい位置にいるのか確かめるためにも、たくさんの人と出逢い、会話し、自立していくことが必要だと思うのです。今、自分を開いて、人を知っておかないと、大人の世界はきびしいので、守ることが多いのですから、恐れないで会話してみてください。

私は友人が多くいます。なぜかというと、会話するのが好きだから。もう一つ、相手の話もよく聞くようにしています。

社会科通信

山口さんからお手紙です。

2001年3月5日（月）

松ノ木中学校の皆さん、スキー旅行は楽しかったですか。うまくす○○ましたか、○○は受験生の皆さんには禁句なので省きました。

実は私も受験の経験があります。高校受験です。私が四歳のとき、強制収容によって療養所に隔離されたことは以前お話ししたと思いますが、当然、外の学校に通えるはずもなく、小学校、中学校、全部療養所内の分校で終えました。そして、好運にも、昭和三十年に岡山県の瀬戸内海の小島にある国立療養所（ハンセン病の）長島愛生園に高校が設立され、私はそこの第五期生として入学することができました。当時、強制収容された患者児童も多く、この星塚でも男女あわせて五十名ほどいました。ほとんどの児童が親からひきはなされての収容で、寮父さん、寮母さんを、お父さん、お母さんと呼んでいましたけれど、しょせんは他人ですから、そのさびしさは耐えられなかったのではないでしょうか。私には一緒に収容された母がいたので、ずいぶん皆に羨ましがられました。

さて、受験の話。受験をめざし、四人の同級生、それと青年の方、数名、高校は定時制でしたので年齢の制限がなかったのです。昼の授業が終わった夕方六時から八時頃まで、本校から派遣されてこられた先生方によって熱心に受験勉強がなされました。私は未知なる高校というものにものすごく興味があって、青年たちは、来るべき社会復帰のための一つの資格としてそれに備えました。ですから、指導するほうもされるほうも、未来がかかっているという思いで一致していましたので教室は熱気に満ちていました。

全国十三カ所の療養所に児童はいましたし、青年たちも多かったので、受験倍率は高く、一クラス三十名の合格人数に対し、私のときは三倍ぐらいの人が受験したと後で知りました。合格したときのほこらしい気持ち、そして、はじめて星塚を出るという解放感、見知らぬ土地への限りないあこがれ、そのすべてを岡山の高校時代は満たしてくれました。このように、療養所に収容されている身ではありましたけれど、感じたのは魂の自由ということです。

瀬戸内海で夕暮れに見える漁火《いさりび》の美しさ、夏になると汀《なぎさ》近くを歩くと夜光虫が足の形のままにひかり、まるで星をふむような幻想の世界の体験、私の中の本当に輝いていた四年間でありました。

皆さんは自由の身、どこにでもとびたち、どこにでも行けるのですから、そして何より健康な体があるのですから、なんにでもぶつかっていくといいと思うのです。あっ、危ないものはだめですよ。そして、あの高校時代の友情が卒業して四十年近くなるというのにいまだに続いているというのはびっくりでしょう。昨年、十月、高校の同窓会があり、岡山に行きました。出席者数、百十五名、すごい!! 卒業生の三分の一が集まったわけです。皆さん、高校はこんなに力があるところです。

新しい知識、新しい人間関係、広がるものが待っているところに期待しましょうね。

社会科通信

山口さんからのお手紙です.

2001年4月26日（木）

松ノ木中学校の皆さん、先だっては中学三年生向けのお手紙をお出しし、失礼いたしました。

辻村先生に言われて、はじめて気付いた次第です。以後気をつけたいと思っています。今日は両親のことを書きますね。母と姉、そして私が強制隔離という非人道的手段で療養所に収容されたので、実家には父と兄だけが残され、それはひどい村八分にあいました。当時、らい病という病気ほど忌み嫌われた病気はなかったからです。

夫婦別れ、兄妹、親子など、たくさんの人たちがひき離され、絶望のあまり、何人もの人が自殺をはかり、また、実行しました。母が自殺を考えなかったのは、幼い私や姉たちがいたからだと思います。

この後、私たちは父と一緒に暮らすことなく、母は療養所で、父は外の病院で亡くなりました。療養所に入ったら、もう一生、外に出ることができないという絶望感は深く、重く患者さんの心を苦しめました。

発病したために、夫とむりやり別れさせられた女性患者、また、妻に去られた夫、さまざまな悲しみに満ちた人生が療養生活の中にはじまり、それがあきらめにかわり、五年、十年という長い年月が流れるうち、さびしさをわかりあえる相手と出逢い、結婚する人たちも多くいました。外に夫と子どもがいながら、望まれて所内で結婚する女性患者もおりました。

そのような中、父はあの厳しい監視体制のしかれている敬愛園に夜の闇にかくれ、私たちに逢いに来てくれたのです。そのとき、私は四歳でしたので、特別処置で母と同居が許されていました。母と同室のおばさん三人が皆、それぞれつらい別れをした人ばかりでしたから、私は皆にかわいがられ、乏しい食料も分けてくれていました。ですから、父がこっそり逢いに来たからといって、決して職員に告げ口することはなく、私たち親子は再会を喜びあいました。そして、父のひそかな面会は年に一、二回あり、父はいつも私の好きなポン菓子や風船など持ってきてくれました。離れて暮らしていましたけれど、私は父の温かい背中、あぐらの上に坐った思い出を持っています。

医療充実が図られだし、月々患者一人につき慰安金というものが支給されるようになってからは、母はそれをすべて父のものを買うために使い、下着、上着など、自分のものはほとんどなく、父との次の面会の日のため、大切に箱に収められました。それが、母のいきがいであったように思います。

発病したからといって、決して母を見捨てることなく、むしろ愛しみ、尽してくれた父に私は子として心から感謝しています。

父と母は離れて暮らし二十数年、共に暮らす日は訪れませんでしたけれど、たがいを信じ、必要としあっていた姿を私は深くうけとめています。それをほこりに思っています。

私たち夫婦も、そのような形で夫婦をまっとうしていけたらいいなあと思っています。両親の思い出はいつも私の心を満たすのです。

病気になるということは、誰の罪でもありませんし、かかった本人や家族に何かの落ちどがあったわけではありません。にもかかわらず、一度ハンセン病にかかった人も、その家族も、社会から強制的に隔離され、あるいは村八分（村の全員がそこの家とのつきあいを

切ること、無視すること）にされ、人生をめちゃくちゃにされたのでした。戦前の療養所は、所長さんは医者ではなく警察の人で、いったん入ると外へ出ることは許されず、刑務所と変わらないところだったそうです。何も悪いことをしていない人が、なぜそんな扱いを受けてきたのでしょうか。

忘れてはならないのは、そうしたしくみを作りあげたのは日本の社会だということです。患者の家族を村八分にしたのは、ごく普通の村人たちだったということです。私たちの周りで罪のない誰かを差別し、苦しめていることはないか、考えていくことが大切ではないでしょうか。ハンセン病への差別も、いじめも根は同じです。（T）

社会科通信

山口さんからの便り

2001年5月10日（木）

松ノ木中学校の皆さん、新緑の清々しい季節になりましたね。街路樹に楠《くすのき》やけやきの多い東京ですけれど、あの楠のもえる緑は見ているだけで元気がでますよね。私はこの木、好きです。ここにはもう一つ、せんだんという大木があって、今の時期、葉より先にうす紫の小花を木いっぱいに咲かせます。香りもあるので、青空の下、この大木のうす紫の花々を見上げるのはとっても気持ちがいいですよ。初夏の花と言えるでしょう。

ここから車で十分くらいのところに霧島が丘という市民の健康公園みたいなものがあって、ここの見ものはバラ、三万本とも四万本とも言われる大輪、ミニ、中輪のさまざまな色のバラ園があって、ＧＷ（ゴールデン・ウィーク）の頃の人出は七、八万人、市民だけでなく、県外からの人出もすごいです。五月三日から、バラ園の開園となりますので、市民の楽しみの一つとなっています。

私たちも毎年見に行っていますし、障害の重い、高齢の方は、バスで連れて行ってくれます。リハビリレクといわれていますが、介護員の方がついて、バラ園見学が今回は五月八日実施の予定です。

「らい予防法」という法律によって、私たち患者は療養所を出ることが叶いませんでしたが、予防法が廃止となった今、開かれた療養所として、各科外来の一般の方の診察、また、外部の方との交流、バスレクリエーションなど、外に出る機会も多くなってきました。が、ときすでに遅しというべきでしょうか、障害度は増し、高齢化も進み、バスレクさえも、人員に満たず行けないこともあります。八名の申し出があるとバスは運行するのですが、それが行く人がいないのです。それでも夫婦の方ではまだ、元気な方もおられますので、今回は有志をつのり、二十三名他職員五名、二十八名で一泊二日の宮崎の山のまた山の平家の里に行ってきました。うねうねとした山道を走ること二時間近く、青葉のトンネルや本当のトンネルをくぐり、深い谷川を見下ろしつつ、山里に到着したのは夕方近くでした。

この地、椎葉《しいば》村は平家の落人部落で、かつて、落ちてこられた平家の姫君、鶴富《つるとみ》姫が、討伐の源氏の大将、那須《なす》の大八と恋仲になり、二人がしのびあうのに庭に馬の鈴をくくりつけた山椒《さんしょう》の木で合図しあったと伝えられています。それは今も宮崎民謡の「ひえつき節」として哀愁の節で唄いつがれています。それを夕食のとき、土地のご婦人が唄ってくださり、冷えこんできた山里にしみじみと流れ、悲恋に終わった二人をしのばせてくれました。

皆さんにおすすめ、海外旅行もすばらしいのですけど、日本の片すみの、このようなところに行かれ、その土地の伝統、また、物語などにふれられるのも、心のポケットに一つしまいこむものがあっていいと思うのです。

この連休の間、花の一つ、人の動き、それぞれの勢いっぱいの生き方にふれ、これからの自分のためのものをつかみとってくださいね。今、その芽が皆さんにあることを信じて。

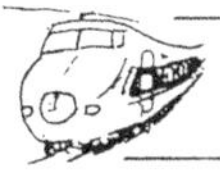

社会科通信

山口さんからのお手紙です。

2001年6月18日(月)

松ノ木中学校の皆さん、今日はまずバンザイから言わせてください。

テレビ、新聞などで、毎日のように報道していますから、ハンセン病がどのようなものか、少しおわかりになったと思います。患者さんたちの顔、手足など、みにくく変形していますよね。それゆえに、強い偏見と差別が生まれ、強制隔離によって、それはもっと恐ろしい病気と印象づけられました。ハンセン病はきわめて伝染力の弱い、神経をおかす病気です。ですから、より神経の集まった顔面、手足に後遺症を残しやすく、あのような変形がおきてしまいますが、あの方々は全員、無菌です。ハンセン病はもう完全に治る病気にもかかわらず、隔離政策はとられ続け、それは九十余年にも及びました。

熊本地裁の勝訴判決のとき、私はテレビの前で湧れ出る涙をとめることができませんでした。自分たちを捨て去った兄や姉のこと、私たち家族を一家離散に追いこんだ故里の村の人たち、自身の強制隔離の体験、父や母のこと、また患者であるがために、中絶を強いられ、子どもをおろし、身も心もボロボロになった姉のこと、今までの苦しみ、悲しみがすべて思い出され、胸が痛くなるほど泣きました。

あの日、テレビの前で泣いた患者さんは多かったと思います。発病し、ここに入園したときから、自分の出身地をかくし、偽名を使い、その名前のままで死んでいった多くの病友の千人以上のお骨は、今も納骨堂におさめられています。

誰もひきとりにこないお骨です。その人は確かに生きていたのに、その正体さえわからない、ゆうれいのようにその一生を終えた人たち、今、やすらかな眠りにつかれるのではないでしょうか。

また、小泉総理の控訴断念の表明のときも泣きました。型やぶりの方ではありますけれど、私たちは国が必ず控訴すると思っていましたから。なぜなら、私たち、患者の平均年齢は七十五歳、控訴して、長びかせれば、皆、死にたえてしまうからです。けれど、総理は本当に人道的という方法を示してくださいました。私は主人と握手いたしました。うれしい握手でした。

ところで、ここで面白くも哀しい話をします。主人は運転免許証をもっていて、その更新に出かけたのです。係の方が「やまぐちとしおさん」と名前を呼ばれたので「はい」と言って立って、カウンターに行ったら、係の方がけげんな顔されるので、ハッとしたそうです。

運転免許証には本名がのっていて、主人はうっかり、山口利夫という偽名に返事してしまったというわけです。そのとき、ほかに同姓同名の方がおられたのですね。四十年近くも偽名で暮らしているのですから、本名のほうになじみがうすれもするでしょう。ついでながら私もシメ子は本名ですが、山口は偽名です。

自分たちを見返ってもくれない身内のため、このように偽名で暮らす患者さんは大勢いますが、あの判決の日より、五十年ぶり、本名を名のると宣言した患者さんの顔は輝いていました。真の人間にもどれたのです。ではまた。

山口さんから約一カ月ぶりのお手紙が届きました。今回は当然のことながら、ハンセン病をめぐる裁判について書いてくださっています。読みすすめていくと、元患者さんたち

にとって今回の判決がどれほど重い意味をもっているか、心にしみるようにして伝わってきます。一つ一つのことばの重み、その背後に横たわる現実の重さに思いを馳せながら、ゆっくり読んでください。

「一人の人間として、あまりにも失うものが多かった……」と山口さんは、私宛ての私信の中で述べられています。「皆が平等であるというのが憲法の基本のはずが、私たちにはそれさえもなく、……九十年は長すぎて、もうほとんどの人の両親は亡くなり、その墓参も許されない……」「ほんとうに一人一人の考えなのですよ。それが集団となって、患者は狩り出され、収容され、村を追われました。恐ろしい力、偏見……」

心を開いて、しっかり受け止めてください。（T）

社会科通信

山口さんから今月のお手紙です。

2001年7月7日（土）

松ノ木中学校の皆さん、そろそろ梅雨も明け夏休みも近くなり、楽しいプランをたてておられることでしょう。そのようなとき、「うざったい」でしたっけ、そのような話ばかりする私を許してくださいね。

今日も、そんな話です。今回はマスコミに物申すというところでしょうか。熊本地裁の勝訴以降、テレビ、ラジオ、新聞がこぞってハンセン病について報道するようになりました。しかし、「マスコミさん、この九十余年にも及ぶ不当な人権侵害を、どうして、今まで追及してくれなかったの」という疑問がどうしても消えないのです。国家が制定したものだから、まちがいないという、思いこみ、これ、ものすごく恐いことではないでしょうか。だから、今回、国がその非を認めたことで、はじめて、マスコミも気がついたということでしょうか。社会全体が作りあげた、偏見と差別という大きな網によって、追いつめられていった小魚たち、それがハンセン病患者だったのです。その網の一端を握っていた人たちは、政治家、医師、報道関係者、そして一般市民でした。ハンセン病は特殊で姿がみにくく変わります。見た目の先入観によって、強い偏見、差別が生まれ、それをときの政府は利用し、国民を軍国化へと導いていきました。

良識ある医師、政治家の声はかき消され、百年近くに及ぶハンセン病の隔離は続きました。それがほんの二、三年前、一人の患者が弁護士に訴えた人権復活がこの裁判にまで発展していったのです。その人の名は仮名、島比呂志《ひろし》さんです。八十一歳という高齢をものともせず社会復帰され、今は福岡県に住んでおられます（編集部注・島さんは二〇〇三年三月二十二日に亡くなられました）。先ほど、マスコミへの疑問も書きましたけど、一般市民はどうなのでしょう。

知らず知らずのうちに、大波にのまれ、一部の人間を追いこんでいるかもしれないということを常に考えておくべきことのように思います。そのようなことのない社会人に育つためには、いったいどのようにすればよいでしょう。良識、正しい知識を得ること、これに尽きます。まずは、辻村先生の社会科の勉強をしっかり身につけるというのは如何ですか。これ、みごとなオチでしょう。

マスコミも、また宗教関係の方も、今、私たちに謝罪をなさいます。私個人としては、ちょっと遅すぎませんかと言いたいところです。なぜなら、九十年余に及ぶ、偏見の根はものすごく深く入りこみ、その根を八方にはりめぐらし、一朝一夕で取り去ることは不可能に思えるからです。そうこうしている中、このことをマスコミは忘れ去り（日々事件がおきますから）、キャンペーンもはらなくなるでしょう。そこで皆さんへのお願いです。

自分をみつめ、自分の中にも偏見が育っていないか、そのことで友人を追いこんでいないかということです。偏見はその人の人生を狂わすほどの力があります。広い知識、広い人間との交流によって、正しく人の観察ができる人に育っていってください。

「まだ裁判のことがありますので、今回もそれにふれるものになりました」と、山口さんはお書きになっておられます。ハンセン病の元患者さんたちにとって、この間の判決はそれだけ重いものなのだ、言ってみれば時代が変わる出来事であるのだ、と私もこれを読みながら感じました。

以前にも書いたとおり、私たちにとって一番たいせつなことは、ハンセン病問題の教訓

をしっかりと受け止め、同じあやまちを二度と繰り返さないこと、そして自分の身の周りにある差別や偏見を許さないと決意することだと私は思っています。差別は今も、身近にたくさんあります。たとえば精神障害者に対する差別、同性愛者に対する差別、外国人や異なる文化的背景をもった人々に対する差別。しかもそれらは知らず知らずのうちに私たち一人ひとりの心の中に入りこんできます。それだけに、自分を厳しく見つめる目、そして周囲に安易に流されない強さが要求されているのだと思います。

これも、憲法が私たちに求めている「不断の努力」の一つなのではないでしょうか。（T）

社会科通信

山口さんからのお手紙です。

2001年9月1日（土）

松ノ木中学校の皆さん、今、夏休みの最中ですよね。海、山、また、海外へなど楽しくすごされていることでしょう。皆さんがこの手紙を読まれるのは二学期に入ってからになるでしょうけれど、今日は私の子どもの頃の話をします。

私が療養所内の小・中学を出た話は以前しましたが、生活のほうは少女舎という小・中学生の女子ばかりの寮にいました。今なら寄宿舎生活みたいなものですが、やっぱり、そんなに楽しいことばかりではありませんでした。

まず児童でも患者なので、午前中、必ず医局に行き、治らい薬の注射をし、傷のある子は治療し、眼の悪い子は眼科へと、それは毎日の日課でした。その頃、治らい薬の特効薬のプロミンがなく、大風子油《だいふうしゅ》という植物油のような真黄の液を太い注射器で腕、ふともも、お尻の筋肉に打つのですが、大人も悲鳴をあげるほどの痛い注射で、子どもたちにとって、これは恐怖の時間でありました。細い子どもの筋肉に打つのですから、打たれた子は皆、涙目になりました。けれど、友だちのてまえ、泣くことをがまんする日々でした。その上、この注射は体内への吸収が遅く、お尻に打つと一日中、坐るのに苦痛をおぼえ、つらかったです。この午前中のつらい時間がすぎ、学校で授業をうけ、放課後は、もう本当に、自由時間でした。学校も、寮も、大人の生活区と一谷こえた丘の上にあって、周囲は、梅林、杉林、松林、雑木林と、自然のただ中にあったので、近くあった少年舎（小・中学の男子寮）の生徒たちと、山々をかけめぐり、四季の食物探しに夢中でした。櫟《くぬぎ》の林でかぶと虫を見つけ、みどり色のかいこのまゆ玉をさがし、また、大きな楠は私たちの一番登りやすい木で、太い木の枝に並んで坐り、唄ったり、また、それにブランコを作り、乗ってあそんだりと、日の暮れるのも忘れるほどでした。

おかげで、木の名前、草花の名など、先生に聞き、ずいぶんたくさんの植物の名を知りました。今も、私は花だけでなく、植物も、自然が大好きです。

あれほど痛い注射をされ、えこひいきする寮母さんのつらいしうちにも耐える少女舎時代でしたのに、今、私の胸の中にうかぶのは、大楠の上に登り、ながめた遠い青い山々、白い入道雲、土手に咲く赤い百合《ゆり》の花々、そして、もぎたてのトマトや胡瓜《きゅうり》の味です。心も体も痛めつけられていたのに、自然がいつも、それをいやしてくれていたように思います。自然って、すごい力があるんですね。今も山を歩くと、あっ、この木の実は食べられる、この実はまずいなどと思ってしまいます。だいたい小鳥が食べる実は人間も食べれるようです。栗の実なんて上等な食物で、のいばらの実（これはちょっとすっぱい）、のいちご、桑の実、ぐみの実、しいの実、自然はたくさんの食物を私たちに与えて喜ばせ、そして、甘さゆえに胸の悲しみを流してくれました。

皆さんも、自然にふれ、その与えてくれるものにふれられると、今、持っているものがいやされるのではと思います。

読んでもらえばわかるとおり、夏休み中、7月の末に送っていただいたものです。療養所内の小学校、中学校。毎日の注射……想像しながら、ゆっくり読んでみてください。（T）

社会科通信

山口さんから9月のお手紙です.

2001年9月12日（水）

松ノ木中学校の皆さん、二学期にはいって、さらに勉強のほうもがんばらねばとお思いでしょうね。人生の方向もたいせつ、自分の気持ちもたいせつというときにいる皆さん、励ますことは簡単なのですが、自分のやりたいことを見いだすというときでもあるように思います。

それは経験の中にあると思います。受験も、友情、初恋、今はなんでもアタックあるのみ、こわれたものの中にさえ、生みだしてくれるものがあるのですよ。これは体験した者のことばです。ハーイ、道徳の講義終わり!!

前回は山の食物について話しましたので、今回は海の食物の話です。小・中学校の分校生活の中での楽しみの一つは、外へのレクリエーションでした。それもトラックでの。緑色にぬられた大型トラックの横に、大きく星塚敬愛園と書かれた荷台にゴザがしかれ、ホロもつけないで、全児童坐らされ、近くの海岸へ弁当を持って行く、それが当時のレクリエーションの形でした。隔離生活から、とき放たれるのですから、私たちは荷台で大はしゃぎしたものです。けれど、今から思えば外からは児童患者の移送としかうつらなかったことでしょう。

行き先はいつも同じ、人里より遠く離れ、松林に囲まれた高須海岸、トラックがとまるとわれ先にと海岸にかけおり、貝ガラ拾い、海辺の岩についている巻貝取り、ただ無心に波とたわむれたりしました。おむすびと沢庵だけの昼食に満足し、楽しい一日をすごしました。引率の先生方もいつもの白衣姿ではなく私服なので、それも物珍しくながめたものでした。が、決して、私たちと同じところで昼食はとられず、別行動で食事され、ときどき様子を見にくるくらいでした。ところが一人、酒好きといわれる男の先生が近づいてこられたとき、海辺の岩で遊んでいた男子生徒が浅い海に妙なものがあるといってそれを取り、岩に並べました。私たちも近よって見ると、それはウニでした。その岩の下には紫のトゲのあるウニからバフンウニまで、たくさんのウニがころがっていたのです。それを見た先生の目が輝き、岩の上の紫ウニの一つを取ると、もっていた杖の先でパカッと割り、そこから黄色のウニの卵を手にとると口にほうりこみ、「うまい！」と言ったのです。周りの生徒たちはかたずをのんで見守りました。そんなものが食べられると誰もが思わなかったからです。先生はそれから次から次へとウニを割って、並んで立っている私たちの手にウニをのせ、「食え！」と言うのですが、男子生徒でさえ、ためらっていましたが、私は好奇心の強い子だったので、口に入れました。すると、口いっぱいに磯の香りが広がり、なんともいえない甘さがあり、本当にふしぎなおいしさのするものだったのです。先生との間には差別の壁のあることは子ども心にわかっていましたが、このときは本当の先生と生徒になれたように思いました。

食べることも経験の一つと知りました。それからはウニ大好き人間となり、お寿司でまず食べるのはウニからです。

社会科通信

山口さんからのお手紙です.

2001年10月18日（木）

松ノ木中学校の皆さんお元気ですか。

　今日、好評だったＮＨＫの朝ドラ「ちゅらさん」が終わりましたね。「ちゅらさん」は沖縄の方言、ちゅらかーぎー（美しい人）の意味です。最終タイトル「命《いぬ》ち宝」はいいことばですよね。そのとおり、皆さん、自分のたった一つの命、たった一つの個性、たいせつにしてくださいね。だから、今回のアメリカのテロに対し、私は大きな怒りを感じています。五千人にも及ぶ人たち皆んなに家族、希望、人生があったのですよ。それを奪うことは決して許せません。さまざまな情報がとびかっていますけれど、「命ち宝」だけは皆さん忘れないでくださいね。

　さてもう一つ、先日、金子みすずの生涯を描いたドラマ「明るい方へ明るい方へ」を松たか子主演のものを見ました。実は私二、三年前、『金子みすず詩集』を購入しているのです。それはやはり、ＮＨＫ夜八時四十五分より教育テレビで「手話ニュース」というのが、月〜金あって、私はそれをよく見るのです。その中で、ニュースのほかに詩の紹介があって、そこではじめて、金子みすずなる人を知ったのです。その詩のなんとやさしいこと、それも人とちがうやさしい感性にうたれました。

星野富弘さんも好きでずいぶん買い求めたのですが、金子みすずさんのは見つからず、結局、全生園に姉がいるので、そちらで購入してくれるように頼み、姉は東京の大きな書店でそれを見つけて送ってくれました。

この執念はなかなかのものでしょう。えらそうに言っちゃうと、自分のためになると思うものは迷うことなく求めてみてください。

私はやはり皆さんには本を読むことをすすめます。まず、第一に字を覚える、第二に想像力が増す、第三に洞察力（先を読む力）がつくなどです。人の心が、話す前に読めたら面白いと思いませんか。顔色、動作などによって。

乱読でいいですから、まず好きな本から読んでみるといいと思います。私は推理小説が大好きで内田康夫のファンです。全部読みました。本代もかかりましたけど。でも好きになると全部読んでみたくなるものなのです。

さて、今日は、金子みすずさんの童謡詩の中から私の好きなのを一つ書きます。

星とたんぽぽ

青いお空のそこふかく、
海の小石のそのように、
夜がくるまでしずんでる、
昼のお星はめにみえぬ。
見えぬけれどもあるんだよ、
見えぬものでもあるんだよ。

ちってすがれたたんぽぽの、
かわらのすきに、だァまって、
春のくるまでかくれてる、
つよいその根はめにみえぬ。

見えぬけれどもあるんだよ、
見えぬものでもあるんだよ。

私はこの詩の中に励ましを感じます。
みんなも受験勉強に疲れたら、遠い場所で、一度も会ったことのないみんなのことを、温かく見守ってくれている人がいることを思い出し、空を見上げて星を眺めてみたらどうですか。

社会科通信

山口さんからのお手紙です。

2001年11月8日（木）

松ノ木中学校の皆さん、校庭に桜や銀杏《いちょう》の木があったら、それらが紅葉をしはじめて秋の気配を感じられることでしょう。

こちらでの秋は渡り鳥が知らせてくれます。電線に並び切れないほどのつぐみがとまっていたり、百舌《もず》がしきりに鳴いています。

それに十月二十五日から二十八日まで公会堂に於いて文化祭が行なわれ、鉢物、菊、絵画、写真、手芸などが展示され、皆に来てもらっています。外からの見学者も多いのですが、今回は雨にたたられ、少し出足がにぶかったようです。

私は手芸を毎年出して、今年は銀賞（二等）をもらいました。一等の金賞にはトロフィがもらえます。二等も賞状はもらえます。

それに少しですが賞金も出るので、私、賞金稼ぎもしていて、銅賞までいれると、けっこういただいちゃうのです。ここまで言っていいのかな。でも、好きな洋画をビデオレンタルで見ながら、好きな手芸をする、とっても心の安らぐひとときではあるのです。心の栄養ですね。

皆さんは受験をひかえ、その上、テロ、炭そ菌、宗教戦争に発展しそうな世界情勢などなど暗い世相ですよね。そこで、少し視点をかえる意味からも今日は天文学の話をします。

私が考古学や天文学に興味があると言ったら皆さんきっと笑われるでしょうね。これにはわけがあって、三、四年前、私、彗星を肉眼で確認したことがあるのです。彗星の名はヘールボップ彗星、四千年の周期をもって地球に大接近するのです。それは春でした。西空に日没と共に姿をあらわし、うすいブルーのぼやけた星のように見えますが、双眼鏡で見るとはっきりと尾っぽが確認できました。それがまた、足の速いこと、見ている間に山の端にかくれてしまうのです。けれど次の夕方にはまた、もとのところにいるのです。二千四百年、すごい年月の宇宙の旅、縄文人も見たかもしれない彗星を自分も見たという感動、これは私の人生の大きなイベントでした。

皆さん、この先、どんな未知なるものが目の前に広がるかわからないのですから、失望や絶望を先に見ないでください。こんな小さな療養所の患者にさえ、大空や星が広がっているのです。そして、遭遇があるのです。

先日NHKで「ブラックホール」をとりあげていましたけれど、これも面白かったです。強い重力と引力ですべての物をのみこむと恐れられるブラックホール。銀河系には必ず中心にこれがあり、活発に活動しているのだそうですが、あるときがくるとその活動を休止するのだそうです。そして、銀河系は常に動いていて、ときにそれが合体して、そのとき、ブラックホールも合体し、休止をやめまた活動しはじめ、より大きなブラックホールになると解説していました。そして、初期の銀河系を作るときにこのブラックホールが大きな働きをするそうです。これ全部、NHKのうけうり！

今日は少し勝手がちがいましたか。でも、皆さんの頭に少し休止のときを与えたかったのです。未知なるものは広いぞ、でっかいぞう。

山口シメ子さんから今月のお手紙が届きました。今回は彗星とブラックホールの話です。どうして？　と私も最初はちょっとおどろきました。

山口さんから私への私信には「生徒さんへの骨休めと思って書きました。いつも重たいのもなんですから」と記されていました。この時期、受験勉強やさまざまなプレッシャーで大変だろうから、重たい話はやめて未知なるものへの好奇心と未来への希望を与えるような話にしたい。そんなふうに考えて今回の手紙を書いてくださったようです。（T）

社会科通信

山口さんからのお手紙です。

2001年12月14日（金）

松ノ木中学校の皆さん、早いもので冬休みが目前となり、目標めざしがんばっておられることと思います。

今年は暖冬のようで、こちらでは十一月の末というのにまだ霜がおりません。昔は十一月には霜柱をザクザクふんで登校したものでした。ときには手づかみしたりして。高い氷の霜柱を近頃見なくなりましたね。

さて、今回は友人の荒井さんからのアドバイス、いやリクエストかな、療養所内での恋愛、または出逢いについて、二回にわたって書きたいと思います。

星塚敬愛園は昭和十年に開園しました。強制収容によって送りこまれた患者は千人をこえ、ただの平野に患者ら自らが整地、建築などして、住居などを作っていきました。すべてが自給自足、一番必要な火をおこすための炭作りも、若い男女患者は山に寝泊りして炭焼きし、それを山からおろし、全患者に配りました。

畑を耕し野菜を作り、それを給食室に持っていき、それが皆のおかずとなりました。国はお米と、ほんの少しの物品（マッチなど）、医薬品を支給するだけだったのです。その上戦争中のこと、ひなん壕掘りの重労働もあり、このむりがたたって、たくさんの患者さんが病気を悪化させ、失明した方、亡くなった方も大勢いました。そんな中で希望など見えるはずがありません。外で結婚し、子どももいたのに連れてこられた若い男の患者さん、女の患者さん、発病と同時に離婚された人たち、千二百人余りの患者さんすべてが重たい十字架を背負わされ、一日一日を必死で生きていました。そして、戦争が終わり、物資は乏しく、おたがい助けあううちに、好意を持ちあう人たちも出てきました。許されなかった患者同士の結婚も許されるようになったのですが、そこには大きな関門が待ちかまえていたのです。

　結婚の条件というより国からの命令、それは男子は必ず断種手術（パイプカット、子を作らないための手術）が義務づけられていたのです。遺伝病であるというらい病（ハンセン病）へのあやまった認識がハンセン病の根絶という政策となり、それが結婚の絶対条件であったのです。家族と別れ、子どもと別れ、絶望の悲しさの中で、やっと支えあう人と出逢えたのに、男の尊厳さえ失わされる断種手術をする、そこには人間と見なしていない、家畜同然のあつかいがありました。けれど、それをしたのは、もし、手術しないで妻を妊娠させると、そこには中絶というもっと重い条件が待っていたからです。が、これも、患者の強制収容がなくなった時点で強制でなくなりました。私たちは昭和四十年代に結婚しましたので主人は手術はまぬがれました。また、幸か不幸か私自身が妊娠しにくい体質だったのか妊娠することもなく、したがって中絶もしていません。さまざまな苦難の上にむすばれた患者さん同士なので、離婚は少なく、今、老いてもおたがいいたわりあって暮らしておられる方々が大勢おられます。またまた、重たい話になってしまったことお許しくださいね。

社会科通信

山口さんからのお手紙です.

2002年1月9日（水）

松ノ木中学校の皆さん、もう冬休みに入りましたので、この文を読むのは年明けとなることでしょう。

私たちにとっての二〇〇一年は大変意義ある年でした。お金の問題だけでなく、社会にハンセン病を理解しようという機運が生まれたことです。ずっと、黙り続けていた（身内に及びかねない不幸をおそれて）患者にとって、やっと陽のあたる場所に出られるようになったからです。でも私自身としては、もっと早くに、という思いです。老齢化というものが、患者の意欲も体力もうばい、今から社会復帰はおぼつかなくなっているからです。

さて、療養所内の恋愛というテーマについて続きを書くことにいたします。

療養所も昭和三十年から四十年にかけては若者が多くいました。女性は乙女寮、男性は二報という青年寮で若い患者さんばかりで生活していました。私はその頃、少女舎という学童ばかりの寮にいました。若い人たちの中には軽症の患者も多く、乙女寮の若い女性患者さんと親しくなる人もいましたけれど、そうではなく相手を健常者に向ける人もいました。戦争は多くの若者をうばいましたので、社会は男性不足だったのかなと今になっては思うのですけど、若い男性患者さんの相手となった方は一番身近にいる看護婦さんでした。

健常者とかわらぬほどの軽症で、ハンサムな若い男性患者の方ほど、かけもちするほど大もてしていたようです。主人は今でも私にぼやきます。

「○○君はいつも俺をよび出し役に使ったんだ。あぶなくない奴と思ったんだろうな」

私はいつもそれで大笑いします。もてないおかげで私の夫となったというわけです。

偏見も、差別もありながら、若い男性患者さんと看護婦さんは恋愛をつらぬくために、二人で療養所をとび出し、人生のスタートを切ったのです。けれど世間はそれを許す状況ではなく、看護婦さんは家族に絶縁されたり、男性患者のほうも、自分が患者でないようにひたかくしにする生活で、ルンルンという毎日ではありませんでした。中には両方の家族の反対で別れさせられた人たちもいました。私も知り合いにそういう方がいますが、今は孫もいてとても幸せそうです。奥さんの家族との和解もされているようです。

どこの家庭においても波風はあるでしょうけれど、私はあの厳しい療養所においてさえ、人の心だけはしばれないのだなあと思わされます。それをつらぬいた二人はえらい！

今、私がふしぎに思うのは、片思いと両思いの分別がつかない人がいることです。初恋はだいたい片思いが多いのですけれど、それはまた、思い出としてとてもたいせつな宝物になると思います。人を好きになったら、しっかりとその人の心を見きわめてください。自分が好きでも相手が自分を好きとは限らないということも知って、何回でも人を好きになり、相手も自分を好きと思う人をさがしてください。思いこみは自分も相手をも傷つけるのです。

今回の文章を読んでみんなはどう思いましたか。

社会を敵にするような、ときには命がけの恋愛があったのだなあ、と感じたのではないでしょうか。もう二十年近く前ですが、私の知りあいの元・患者さんも「オレこんど結婚することにしたんだ」と嬉しそうに語ってくれたのに、それからしばらくたって「あれダメになっちゃったよ。彼女の両親が猛反対で、患者と結婚するんなら一生縁を切るって言われちゃったんだよ。オレも彼女もそこまでがんばれなくてなあ……」とくやしそうに言われたことがあります。その方は、その後社会復帰され、けれども今も結婚されていないようです。

手紙の最初に、去年のハンセン病問題について、山口さんの思いが記されています。社会にハンセン病を理解しようという機運が生まれ……と書かれていますが、それを深めていくことが二〇〇二年の課題ではないかと思います。

（T）

社会科通信

山口さんからお便りです。

2002年2月4日（月）

松ノ木中学校の皆さん、もう受験は済みましたか、それとも今からでしょうか。毎日、不安と期待でおちつかぬ思いでおられることでしょう。今や大卒さえも資格がものいわぬ不況下ですよね。高校の就職率も悪くなっていては、私はなんで高校に行くんだと思われるのではないでしょうか。

さて、ここで一案、高校を自分作り、人見つけのところと考えるのはどうでしょう。勉強はもちろんしなくては人間形成の上でたいせつな知識がつきません。私も、定時制ではありましたが、高校に行きました。卒業して四十年にもなるのに今も先輩、後輩から年賀状が来ます。おっ、あいつ元気なんだ、この人はあこがれてたのよねえ、なんて、かつての花の高校生活を思い出すのはとても楽しいです。勉強のほうはふるいませんでしたが、友だち作りはしました。ですから、高校生活の中で、自分さがし、何をやりたいか、自分が何が好きか見つけるところ、人見つけは、先生でも友人でも、自分と接点があり、また、自分を正してくれる人（これがベスト）を見つけるところと考えるのはどうでしょう。そうすれば高校なんて行ってもむだと思えなくなるでしょうから。むしろ、チャンスと思って行ってみてください。私の今までの人生はたしかに療養所の生活ではありましたが、あの高校生活での友だちとの交流、先生方との教育の場がなかったら、ものすごく無味乾燥な人生であっただろうと思えます。

四年に一回、高校が閉校になってから、同窓会が開かれます。もう六回開かれていますが出席者の多いこと、卒業生は三百人余、その三分の一が参加するのです。社会復帰者、入園者全部で、あの頃にタイム・スリップして、盛りあがります。皆、それぞれ、苦難の人生の中にあって、たった一つの自分らしさがとりもどせる刻《とき》、それは後々、とてもたいせつになります。それを、高校生活の中で見いだし、それを生かしてこれから大人になっていく。意外と拾い物の多いところかもしれませんよ、高校は！

今日は、患者であり詩人でもある塔和子さんという方の詩を書きます。この方は香川県在住、七十三歳です。

新しい世界

破れたものは繕わぬがいい
繕ったところで醜さばかりが残る

太陽は雲を破って光を洩らし
蝉は殻を破って飛び立つ
私は心の破れ目から言葉をひっぱり出す

物の破ればかり繕っている貧乏所帯も
破って飛び出すところがあれば
破るにこしたことはない
破る　破れ　破り　破れる
破って捨てよう合わなくなった小さな服小さな城

破って飛び出さなければ自分が縮かむだけだ
破ったら破れたものを気前よく捨てよう
破れた夢も、こわれた話も
夢よもう一度などとみみっちいこと言うな
出て来たところはいつも
新しい世界だ

社会科通信

山口さんから最後のお手紙です。

2002年3月6日（水）

松ノ木中学校の皆さん、いよいよ卒業の季節となりましたね。私のつたない文をお読みくださったことを心よりお礼を申し上げます。新しい出発のときにあたり、何を書いてよいのか迷いましたけれど、次のことばを送ります。

「君は渡したかい？」

これだけでわかった人はかなりの洋画通。今はハリー・ポッター少年が人気ですけれど、ハリウッド映画の名子役といえば、ハーレイ・ジョエル・オスメント少年でしょう。「シックス・センス」「A．I．」などで少し哀しげな瞳をした少年ですけれど、本当にその役になり切った演技はたいしたものだと思います。この少年が出演した「ペイ・フォワード」という映画の中でこのことばが使われるのです。少年の通う学校の社会科の先生からクラス全員にある宿題が出されます。

それが「世界の人がみんな幸せなるためにはどんな方法があるだろう。それを一人ひとりがおこなうことで」。クラス全員からこれにはブーイング、「むつかしいよ」「わからないよ」などです。少年も毎日悩み考え、ある答えを見いだします。このサインと共に。

それは自分が三人の人に親切にする、手をさしのべ助けてあげる、するとされた人三人も同じように三人の人に助けてあげたり、親切にしていくという方法です。

思いついてもなかなかそれが実行できなかったり、母子家庭の彼にはそれなりの悩みもあったりするのですが、少しずつ、少年の考えは周りに理解されていくのです。それが少年のこのことば、「君はやさしさをもう人に渡したかい?」になるのです。結末は悲しい場面で終わるのですが、私はこのことば、すごく深い意味をもっているとうけとりました。

皆さん、人にやさしくするのはてれくさいですか。見返りを期待したりしますよね。それならこう思うのはどうでしょう。バスに乗っていてお年寄りに席をゆずったとしましょう。そしたら「オレ(私)ってけっこう心に余裕あるじゃないか」ってね。自分のことしか頭にない人は人のことなど考える余地がないからです。自分の中に余裕を見つけられると、そんな自分がほこらしく、だんだん自分が好きになっていくからふしぎです。すると、人もむこうから近づいてきてくれるようになります。人のことにも思いを及ぼす、少年は私たちに告げているのです。「君も渡してみないか？　世界が平和になるために」。自分のさしのべたたった一つのやさしい手が次々と人と人とをつなぎ、広がっていく光景、それがこの少年のえがいた大きな計画だったのです。

あなたも、素直な気持ちでお父さん、お母さん、友人、兄妹にやさしさを示してみませんか。それはきっとその人の心に残り、次の人へ渡してくれるかもしれませんよ。自分がまずやってみる、社会はそんなに甘くはねえよとしらけてばかりいると、上すべりばかりして、渡されたことさえわからない人間になってしまいますよ。むりすることなく自然体で人に渡せたらいいですね。

私もやってみよう！

みんなが二年生の春から毎月手紙を送ってくださった山口さんから、最後のお手紙が届きました。きっと中学三年生のみんなへ、どんなメッセージを送ろうかとずいぶん考えられたのではないかと思います。その最後の言葉が「君は渡したかい？」

私も最初どういう意味なのか首をかしげました。でも読みすすむうちに何だか胸が温かいもので満たされたように感じました。たしかに現実の世界ですぐに効果が出るわけではないかもしれない。ファンタジーかもしれない。それでも、そこから始めることで何かが変わっていくかもしれないと思いました。（T）

社会科通信

山口さんを紹介します。

2002年5月30日（木）

松ノ木中学校の皆さん、初めてお便りします。（編集部注・新学期を迎え読者が変わりました）

私は山口シメ子といいます。辻村さんとはここ五年ほどのおつきあいをしています。

私は皆さんにとって、多分、何もかも初めて知る人間ではないでしょうか。まず私はハンセン病元患者で、国立療養所に入所しているからです。昨年、マスコミが大きくとりあげたので耳にした方もおられるとは思いますが、現ハンセン病はかつてはらい病といわれ、もっともいみ嫌われた病気でした。

六十代、七十代の方にとってはハンセン病という病名は知らなくても、らい病というと理解される方も多いことでしょう。それも、あまりいい印象をもたないで。ハンセン病の歴史は長く、聖書の中にも出てきますから、二、三千年以前より、ヨーロッパ、アメリカにも患者がいたのですね。日本の場合、このらい病の歩んだ歴史は苦難そのものでした。

さて、私の場合、まず母が発病し、次々と子どもに感染していったのです。ものすごく、感染力が強いのかというと、むしろ逆で、きわめて感染力が弱く、いまだに培養できない菌《きん》で、これができた人はノーベル賞がもらえるとまでいわれています。それなのに、なぜ感染したのかというと、栄養状態が悪く（つまり貧乏だったのです）、幼児であったこと（抵抗力がない）、もともと虚弱体質だったのでしょう。

そしてここからが日本だけで行なわれた、らい病の患者だけの強制隔離《かくり》という、国がとった手段です。この国立ハンセン病（らい病）療養所が今も全国に十三カ所あります。その一つ鹿児島県にある国立星塚敬愛園というところに入所しているのが私です。

強制隔離にまで及んだのは、この病気の特殊な症状にあります。この菌は人間の末消神経を冒すので神経の集まっている顔面、手足など人の目につく外見にそれが出て、テレビでごらんになった方はおわかりのように、大変みにくい、またひどい形相になってしまいます。それを昔の人は、体がくずれる、とける、などと恐れ、それが遺伝病、天刑病（先祖が悪いことをしたのでなる病気）、また、強い感染力という根強い偏見を生んでいきました。

リウマチ患者の人の指が変形したりしますが、ハンセン病のあの外見も単なる病気の後遺症にすぎないことを、外国の医師たちは早い時期に発表したにもかかわらず、日本がそれを認めたのは最近のことです。

そうでなければ九十年にも及ぶハンセン病の隔離政策など行なわなかったことでしょう。

全国のハンセン病元患者は現在四千人強、平均年齢七十五歳です。私はこの星塚にもう五十四年います。一歩も外に出られないわけではありません。これから、おいおい書いていきますけど、皆さんに知ってもらいたいこと、それは、外見はどうであれ、同じように呼吸して生きている人間であるということです。

ちょっと、最初からカルチャーショックだったかな。これからもお便りします。日本にもこういう人たちがいるのです。

社会科通信

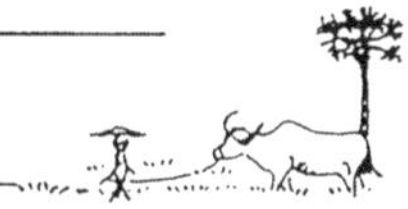

山口さんから2通目のお手紙です。

2002年7月3日（水）

松ノ木中学校の皆さん、暑くなってきました。こちらは毎日三十度近い日が続き、空梅雨のようです。

こんな、うっとうしいときにいつも重ったい（うざったいというのかな）話をしてごめんなさい。前回の続きに入らせてください。

私が四歳で母や姉と強制隔離によって、この星塚敬愛園に収容されたのが昭和二十二年でした。収容されたらまず付けられるのが入園番号。私の番号は調べればわかる（カルテに記載されている）のですが、私は知りませんし、知りたくもありません。

昭和十年から二十年、ハンセン病患者は全国的に収容されました。それは国の行政だったからです。法律に「らい予防法」というのがあって、それはらい（現ハンセン病）患者は強制隔離するべしというのが条文だったからです。ですから県の公立、私立病院、保健所、学校医、そして警察までが患者狩りの出先機関となり、畑仕事中の患者を連行し、乳のみ子のいる母親を子からひきはなし、兄妹の一人を連れていくという徹底した患者狩りをしました。これ、何かに似ていませんか？

あのナチスドイツのユダヤ人狩りです。さてここからはホラー小説風に書いてみましょうか。ユダヤ人たちを待ちうけていたのは恐怖のガス室でした。らい患者たちが送りこまれた収容所（国立らい療養所）で待っていたもの、それは火葬場と納骨堂でした。この意味わかりますか。患者たちを一生涯この療養所から出さない、ここで一生を終えなさいということなのです。そして、おまけも一つ、逃亡患者を入れるための監獄も所内にありました。

鹿児島はまだ暖かいのでいいのですが、群馬県などの寒いところにある療養所の戸外（山の中）にある監獄に入れられた逃亡患者は氷点下の中、うすい毛布一枚、そまつな食事のため凍死した人が何人もいるのです。これはテレビのドキュメンタリーでもやっていました。

これほどの非人道的なことをやった出先機関の人たちは、今何を思っているのかなと私は思います。今でも正しいことをやったのだと胸をはって生きているのでしょうか。

私の場合は、実家に父と兄が残されましたけど、最後は一家離散となりました。もちろん両親は故人となっています。母はとうとう外に出ることもできず、ここの納骨堂で眠っています。父は外のお寺で眠っていますから、亡くなってからも別々ということになりますね。私の願いはいつか二人を同じお寺に入れてあげたいと思っているのですが、姉たちと宗教上の理由でそれが果たせないでいます。

今回はかなりショッキングでしたか。でもこれは軽いジャブだと思ってください。少し明るいことも書きましょう。あの憎むべき「らい予防法」は患者組織（全国ハンセン病療養所入所者協議会）の長い長い闘いの末、一九九六年四月に法律より撤廃され、なくなりました。らい患者の強制隔離はとかれたのです。菅直人さんが厚生大臣のときでした。九十年近くに及ぶらい患者の悲願が達成されたのです。

社会科通信

山口さんからお手紙です。

2002年9月6日（金）

松ノ木中学校の皆さん、楽しい夏休みでしたか。私は残念ながら体調が悪くほとんど休んでいる状態でした。早く、この更年期というものから脱けだしたいと思っています。

若い皆さんにグチからはじまってごめんなさい。今日はあそびの話をします。四歳のときに収容されたので小学、中学、高校と療養所の中の分校で授業をうけました。小学校も中学校も高校まで、皆、本校からの派遣教員によるものでした。

小学校、中学校は星塚でしたが、高校は岡山県の瀬戸内海の小島にある療養所でした。

小学校、中学校は少女舎、少年舎の近くに学校があり、周囲は松林、杉林、梅林など、自然がいっぱいでした。強制収容ではいってきた少年、少女は当時（昭和二十年代）、五十名ほどいて、親と一緒に収容された私のような子どももいましたが、大半は親元をひきはなされてきていたので、夜、床の中で泣き声があちこちできこえるのがつらかったと寮母さんがよくいっておられました。けれど健気《けなげ》にも朝になるとそんなそぶりも見せず、勉強にあそびにと元気にふるまっていました。

今、台風の季節、その台風が過ぎると皆、男の子も女の子も柿《かき》の林に走ります。もううれかけている富有柿《ふゆうがき》の落ちたのを拾うためです。落ちて割れていようがおかまいなし、拾って帰り、きれいに洗い、それがおやつになりました。また、学校裏の松林には秋になると「はつたけ」と私たちがいっていたきのこがたくさん出て、全生徒でのきのこ狩りをしたり、また、山栗を拾いにいったり、どんぐりごまを作り、竹では竹でっぽう、竹ぶえ、竹馬などを作ってあそびました。自然はたくさんのあそびを教えてくれ、心のうえをみたしてくれました。また、花は花であそびがあるのです。すみれの花のしっぽのところをひっかけてひっぱるすみれずもう、オオバコのつるでつなひきするあそび、そして皆さんも知っているクローバーの花でかんむりを作ったり、思い出せばあそびはつきませんでした。

私にはときどき母が少女舎に訪ねてきてくれましたのでさびしさは感じませんでした

いいます。

が、たった一人でここに入園している友人は、それがとても羨ましかったと今でも私に

皆さんにいいます。このようにさびしく、つらい子ども時代を送ってきましたけど、

自然は本当に心をいやしてくれる大きいものをもっています。私はたくさんの花の名前

もおぼえ、自然のなりたちも知り、あそびもおそわり、心をいやされ育ったと思ってい

ます。

皆さんの周りにも少しの自然はあるでしょうから、ときに風の音を聞き、木の実を拾い、草の花に目をとめてみてください。近くの山の登山なんて最高ですよね。森林浴なんて今風のものでなく、自然そのものをじっと見つめ、きいて、ざわついている自分の心をみつめてください。私も母とはなれて暮らしていたので、さびしさはありました。けれど、今もうかぶ、夏空の下の友だちとのあそびの日々が私を、心をも育ててくれたと思っています。

社会科通信

山口さんからのお手紙です。

２００２年１０月２日（水）

松ノ木中学校の皆さん、こちらも朝夕は涼しくなりましたが、日中は三十度になる日もあって残暑がきびしいです。

今日は療養所の内と外の話をします。強制収容された患者たちへの管理は厳しく、外出など許されることはなく、逃亡患者は監獄に入れられるほどでしたから、広い園の外は檜が植えられ、その木全部（園の入口以外）に三段階に鉄条網（有刺鉄線）がはりめぐらされていました。

小学校三年生ころの春、園の外は春らんまん（もちろん園内にも桜はありましたけど）、菜の花が満開で、私はどうしても、その花の中に入ってみたくって、子どもなら、あの鉄線の下をくぐれると思って、近づくと高さ、三十センチほど、はいつくばって外に出ようとしたのですが、トゲのようにたくさん出ている鉄条網に服がひっかかり、そのうえ、体のあちこちを刺し、結局後もどりするしかありませんでした。手足はあちこち血だらけ、服はかぎざきができ、泣きたいのをこらえ、少女寮に帰りました。一目見て、私が何をしたかわかった寮母さんは、しかることなく傷に赤チンをぬってくれました。

このように各療養所では、あらゆる手段を講じて患者が逃亡しない方法を考えました。熊本県にある療養所は高さ五メートルほどのコンクリートの壁が延々と園内をとり囲んでいます。まるで刑務所のようですね。が、これもらい予防法の廃止によって、まるでベルリンの壁のように打ちくずされました。が、一部歴史的資料ということで残っているようです。そして皆さんの住んでいる東京、東村山市にある療養所の全体を囲っているのは、あのクリスマスなどに使われる柊《ひいらぎ》の木、葉の先がトゲ状になっている木がすき間なく植えられ、高さも二、三メートルはあったでしょうが、これは木であり、周りが都会ということもあって、一番患者さんが逃げやすかったかもしれません。

そして、きわめつき、それは瀬戸内海の小島、長島です。まわりには海があるだけ。逃げようもありませんよね。そのような島にハンセン病患者のみの高校が設立され、そこを私は卒業しました。

私は五期生としてはいったのですが、先輩にまず言われたことばは「島流し、おめでとう」。本当にそのとおりでした。

けれど私にとって、高校時代は楽しいものでした。瀬戸の海はいつも美しかったし、友人もたくさんでき、いまだに交流が続いているんですよ。同窓会もあります。

今はどこへでも自由に出かけることができ、海外旅行さえ許されます。けれど今も東京の療養所の柊の木は刈りこまれ、一メートルほどの高さになりましたけど残っています。園の内と外のものすごいへだたり、九十年もの長い年月、それでも、したたかに患者さんは耐えて生きています。

健康な皆さん、与えられた人生、どこかに感謝をもって、生きていってください。


ところでもう二十年以上前の話になりますが、私がはじめて東京、東村山市にある多磨全生園を訪ねたとき、強い印象を受けたのが、柊の垣根と望郷の丘でした。望郷の丘は、二階建ての建物くらいの高さの小さな丘ですが、これは療養所に収容されているハンセン病の患者さんたちが外の世界を一目見たい、故郷につながる景色を眺めたいと、不自由な身体で土を運び、築きあげたものだと聞きました。丘の上にのぼってみると、柊の垣根の

むこうに家々の屋並みが見えました。今では療養所の内と外の行き来は自由で、療養所内の道を買い物に行く主婦や下校途中の中学生がぶらぶらと歩いていました。（T）

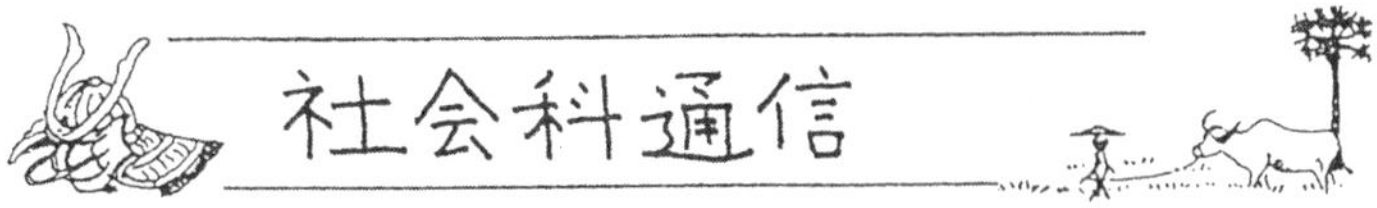

山口さんからのお手紙です。

２００２年１１月６日（水）

松ノ木中学校の皆さん、涼しいというより肌寒い日もある季節になりましたね。

私は昔喘息《ぜんそく》に苦しめられたこともあるので風邪にはとても注意しています。皆さんもご注意ください。冗談でなく風邪は油断がなりません。さて今日は「感動」について話します。

まず、それを知ったのは本です。五味川純平という人の『人間の条件』という本でした。戦争という、一番、自分というものを失わせる中で、必死で人間の本質を保ち続けようとする主人公の苦しみにとても感動したのです。それは映画化もされ、仲代達矢さんが主人公役をされました。その映画も見ましたが、これにも胸をうたれました。流されるなら、とても楽に生きられるのに、その人は闘うのです。

若い皆さんに自分の中に育てていってほしいのがこの

感動というものです。それは、あらゆるものに関心を持ち、好奇心を持ち、ときには行動しないかぎり、育たないでしょう。

自分の家に新しい命が生まれることも大きな感動ですよね。もう、若いおじさん、おばさんになっている人もいるのでしょうか。

今、皆さんが本を読まなくなったことは知っています。でも、今は、源氏物語のマンガ本もありますし、さがせば、ほかにもあるでしょう。そういうところからはいると本になじんでいかれると思うのです。

それと、これおすすめ、映画です。私はこれでも映画通なんですよ。鹿屋市には映画館がないので見に行けませんけど、新作は半年持てばいいのです。そのくらいたつとレンタルビデオとなって出るから、それを借りてくればいいからです。最近見たのは、「千と千尋の神隠し」「オーシャンズ11」でした。けど残念、どっちも感動しませんでした。けれど宮崎作品の中では好きなものがたくさんあって、ほとんどレンタルで見ました。その中でも「となりのトトロ」と「天空の城ラピュタ」が好きで、保存版としてとってあります。それから、ウォルト・ディズニーも好きでほとんどの作品を見ています。感動に不可欠なのは感受性でしょう。人は皆五感を持っていますよね。人間だけのすごい能力。それに加えて精神的みがきがかかれば、人の心さえ読めるようになるし、どうなるか推理することもできるようになるのです。今、皆さんは多感な時期といわれる世代ですよね。それほどにまるで海綿《かいめん》のようにあらゆるものを吸いとる力があるのですよ。それをいかさない手はありませんよね。流されて見ることなく、自分だけの目でしっかりそれをとらえる練習、やってみる価値あると思います。

ちと、説教くさいついでに加えるなら、勉強というのが一番早道ではあるでしょう。ここのところは辻村さんが拍手するのが見えるようです。多感なときは短いですよ。やわらかい心、頭、体、全部使ってみませんか。東京は博物館、美術館が充実しているところです。ゲームで感じるのは達成感と勝利感だけですよ。心のひきだしに、感動をつめこんでくださいね。

社会科通信

山口さんからお手紙です。

2002年12月5日（木）

松ノ木中学校の皆さん、早いものでもう冬休みが近くなりましたが、スキーだの温泉など、楽しいプランをもう考えておられるのではないでしょうか。

今日は「おかあさん」の話をします。よほどの事情がないかぎり、皆さんは一人の人を「おかあさん」と呼びますよね。けれど私は三人の人を「おかあさん」と呼んで育ちました。一人は実母、後の二人は寮母さんです。

四歳で強制収容された話は何回もしましたが、分校に入学するまでの三年間だけは女子独身寮（父は健常者ですから）にいた母と暮らせました。そして七歳になったとき、少女舎というところに移されました。そこは患者児童の女子ばかりが入居するところで、男子児童のいるところは少年舎と呼ばれていました。

そこに少女舎には寮母さん、少年舎には寮父さんがいて、寮母さんのことは「おかあさん」、寮父さんのことを「おとうさん」と呼ばされたのです。もちろんあかの他人です。そして、先輩の女子の人のことは皆「○○姉さん」と呼ぶならわしでした。あかの他人なのにそう呼ばされたのですが、子どもですから、そう疑いもしないで呼んで生活がはじまりました。が、ここの寮母さんは熱心なカトリックの信者で、子どもたちに強制的に改宗をせまり、改宗した子にはやさしく、改宗しない子には冷たくあたるというえこひいきの固まりのような人でした。私は母が熱心な仏教徒で改宗だけは許さなかったので、ひどいあつかいをうけました。七歳、八歳といえば母が恋しいのはあたりまえなのに、母との面会を許してくれず、逢いにきた母を私の教育方針だからと追い返し、かくれて母に逢いにいった私には、長い長い説教と、冷たい冬の便所掃除などの罰が待っていました。いたわりなどいっさいなく、真っ白に霜のおりた庭のはき掃除、長い板の間ふき、凍える手足、私は左足が悪いのでこの足のほうから冷えてくるのです。本当につらい少女舎時代を送りました。母に逢えないのが一番さびしく、つらかったです。けれど、この寮母のあまりのやり方に父兄から自治会に告発文が出され、実情が調べられ、それが事実とわかり、この寮母はやめさせられました。私が小学校の四年生のときでした。

そして、少女舎は移転し、周囲は杉林、梅林などのある自然の中で暮らすことになり、寮母さんも変わりました。この人は本当に子ども好きの畑作りの好きな人で、おなかをいつもすかせている私たちに出来た作物を、おなかいっぱい食べさせてくれました。さつまいも、さといも、夏にはスイカ、きゅうり、まくわうりなど、杉木立の涼しい縁台であそんでいると、それを切って持ってきてくれ、たあいないおしゃべりで楽しいひとときをすごしたものでした。

小学四年までの冷えきった私の心をときほぐし、自然のすばらしさを教えてくれた寮母さん、私はそれからは自由に母に逢えました。私は実母もそうですが、この寮母さんだけは素直な気持ちで「おかあさん」と呼べました。

社会科通信

山口さんからお手紙です。

2003年1月16日（木）

松ノ木中学校の皆さん、もう冬休みになりましたね。冬休みは短いのであっという間にすぎてしまうのがつまらないけど、スキーだのスケートなどで外での運動もしてくださいね。

今日は分校生活の話をします。小学校、中学校をここ星塚の分校で授業をうけました。患者児童は男女あわせて五十名ほどでした。よくテレビで田舎の分校、生徒数六、七名というのを見ますが、まるで兄妹のように仲がいいですよね。星塚分校の場合、比較的、病気の軽い子が多かったので、皆、一般の子とかわらず元気に走りまわっていました。もちろん、第一の日課は治療です。毎朝、学校に行く前に、皆、医局に行き、注射を打つのです。当時は大風子油というヤシか何かからとった治療薬しかなく、黄色い油剤みたいなものをおしりにうつのですが、これが、オリーブオイルを打つのと同じくらいとけにくい油剤で、痛いのなんの、苦痛の医局行きでありました。それを小学一、二年の子も打つのですから、泣き出す子がいるのはあたり前なのに、早くこの病気を治したいという気持ちでしょうか、皆、必死に涙をこらえてがんばりました。早く治って両親に逢いたいという思いもあったと思います。打った後、学校の授業をうけるとき、打った注射のところが痛くって椅子に坐るのがとてもつらかったです。

その後、プロミンという量も半分くらいの薬にかわり、これは血管注射だったので楽でした。けれど、それを何年も打つと、血管に青黒い注射のあとが残り、消えなくなるのです。まるで麻薬患者のようなあとです。これは後々、皆を悩ませることになりました。

分校生活はそれをのぞくと楽しいものでした。午後三時、授業が終わると、陣とり、ドッジボール、缶けり、輪まわしなどいろんなあそびで校庭はにぎやかでした。ブランコと鉄棒もあったので、それであそんだり、ときには山菜とりに出かけ、竹林で夢中で竹笛を作り、あそびにはこと欠くことはありませんでした。

そして、高校に行く者、社会復帰する者と、分校の生徒はそれぞれの道にすすんで行きました。高校に進んだ私は、今も分校時代の生徒の消息はわかりますが、中学で社会復帰した生徒のゆくえはいっさいわかりません。

　そして、社会復帰し、結婚した友人の悩み、それは夏、半そでのシャツが着られないというものでした。それはうでに残る注射のあの青黒いいれずみです。出産のとき、どうしてもうでを見せなくてはならなくなったとき、医者に不思議がられたので「子どものとき、喘息で長い間注射を打ったらこうなりました」と言いぬけたそうです。

　そのように心だけでなく、体にも、いくつもの傷をおっているのが、このハンセン病患者なのです。私の両うでにこのあとがあります。少し、うすくなっているけれど、外出するときは、その上にばんそうこうをはり、半そでシャツを着ます。なんとも、やっかいな刻印を押す病気でしょう。それに耐えて生きてきたのです。皆さんもがんばって！

社会科通信

山口さんからお手紙が届きました

2003年2月6日（木）

松ノ木中学校の皆さん、早いものでもう一年がたちますね。四月になれば皆さんは進級され、また、新たな級友との出逢いがありますね。昔は楽しみだったのですが、今は不安をもつ人が多いのではないでしょうか。

でも、それおかしいですよ。人生って（少し大げさですが）いつも同じ人といるわけにはいかないのですから、次々と新しい人を見、知り、それから自分に得になるものをみつければいいのです。意外と嫌いな人からさえけっこう人間的な部分が見つかって、自分の心を豊かにできたりするものです。これ私の経験もはいっています。私、ものすごく、ウマのあわない人がいて、その人のことばにずいぶん傷つけられました。そこで、共通の知人に仲介の労をとってもらい、三者会談、おたがい言いたいことをすべてぶちまけました。そうしたら双方理解しあって、今はなんでも相談しあえる友人となりました。

そういう勇気もしっかり育ててみてくださいね。

　さて、先に母のこと書きましたね。今日はその続編を書きます。私は四歳でここにきたのですが、母はそのとき四十七歳でした。私は母の四十三歳のときの子なのです。当時の人は五十歳近くまで子ども産んだのですよね。それだけ気力も体力もあったのでしょう。今は三十代出産でも高齢出産といわれますからね。

　母は小さな体で、おとなしく、ものすごく人に気使いする人でした。私は自分が大きくなるに従い、そのように人に頭ばかりさげている母がすごくいやでした。なんかすごく卑屈に見えたからです。そして母は六十三歳で子宮ガンで亡くなりました。私が高校三年のときでした。私は岡山にいて電報で「ハハキトク」と知らされ、夜行列車で星塚敬愛園に帰るとき、ふと時計（腕時計）を見ると、午前一時四十五分をさしていました。星塚に帰り、姉にきくと、ちょうど、その時刻に母は亡くなったそうで、人には予感というのがあるんだなあと思わされました。

　私は自分に子どものいないことだけがとてもくやしいです。体質的に子どものできにくいこともあったのでしょうが、主人は、あのおぞましい断種手術からのがれられましたから。

さて、今日は私の作った詩を書きます。

「お母さん」
電話をかけると電話のむこうで、
「お母さん」と呼びたてる若者の声。
ああ、久しぶりに聞くやさしい言葉。
「お母さん」
若者の深い信頼の呼び声、
それとも、むとんちゃくな愛か、
私にはそれがあったのだろうか、
常におたがいの病いを気遣いあい、
大らかな気持で呼べなかった私の中の
「お母さん」
若々しい声が呼ぶ「お母さん」
心よいひびき、なつかしいひびき

若者よ、貴方は今
まっさらの人生を歩んでいるんだよ。

社会科通信

山口さんから（今年度さいごの）お手紙です。

2003年3月24日（月）

松ノ木中学校の皆さん、お元気ですか。

今年は年始めから嬉しいことがありました。松ノ木中のある方から年賀状が届いたのです。本当に思いがけなかったので額に入れかざろうかと思ったほどです。やはり自分の書き送った文に対して反応があると、とても嬉しいです。ありがとうございました。

さて、今回は私と親友のことを書きます。

交友がはじまって三十年近くになりますが、少しかわっているかなと思うのは私は元患者、彼女は当園に勤務する看護婦さんということです。なお、現在は男性、女性ともに看護士といいます。

昭和四十年代、患者と職員との交流など許されない時代、男性の友人が、もう結婚していた私たちのところに一人の女性を連れてきたのです。男性の恋人で、色白でパッチリした目、ふっくらした唇のかわいい女の子でした。彼女は当時、星塚にあった准看護学校の生徒でした。何回かうちに連れてくるうち、私と彼女はとても仲良しになっていって、いつか一人でも来るようになり、はては泊まっていくまでになりました。彼女は寄宿舎にいたのですが、実家が近くだったので、休みのときなど、舎監にウソを言ってさも実家に泊まったようにして、うちに泊まり、食事をし、終日すごすこともありました。私たちにとって、彼女はかわいい、かわいい妹分でした。おたがいに、シメちゃん、正子ちゃんと呼びあい、いいおばさんになった今もこの呼び方はかわっていません。彼女は私より四歳年下ですが、私が療養所育ちで世間を知らないので、彼女のほうがずっと大人です。ですから彼女は、ズバリと私に忠告をします。私はそれを私を正してくれるものと信じ実行します。私が彼女が好きな理由は、まず、かしこいこと、正義感、誠実さ、そして、優しさがあるからです。けれど、私からのある忠告は彼女を悲しませました。それは交際している患者の彼との結婚を反対したからです。それはその時代においても、ハンセン病への偏見は根強く社会にあって、二人して外で結婚生活をするには女性はもちろん、男性のほうには相当の勇気と覚悟が必要だったのですが、その彼は中途半ぱなものしかなく、彼女を幸せにしてくれないように思ったのです。この判断はまちがっていませんでした。

そして、正子ちゃんは学校を卒業し、鹿児島市内の病院に務めたり、東京のほうにも行ったりしたのですが、その間にも手紙などのやりとりをして、交流は切れませんでした。

そして、こちらにもどり、あるX線技師と知りあい結婚し、三人の子どもをもうけ、うち二人が結婚し、孫も二人います。ご主人も私たちに理解があり、家のほうにも行き、うちにも来てくださいます。思うにこんなに長いおつきあいが続いたのは、正子ちゃんの中に私たち夫婦の姿はあっても元患者だという思いがかけらもないからです。こういう人も世の中にいるのです。そのような人に出逢えた私は、なんて幸せなんでしょう。皆さんも出逢ってください。

すばらしい友情に、万才！

社会科通信

山江さんからお手紙です.

２００３年4月１８日（金）

松ノ木中学校の皆さん、いよいよ新学期となり、桜の花の下、進級されるのですね。

この一年は早かったですか、そうでもなかったですか。この一年、自分の中に何か作りあげ、または得られるものがありましたか。

今がそのときだから、このような質問をしました。中学は中学で高校は高校で、自分の中で資格とまではいいませんが、これこそわがもの、好きなものというのが見つけられた人は、目標というのがみつかった人です。あせらずに、本当に自分の進みたい方向を見いだしてくださいね。

さて、今日は花の季節ですから、その話をします。私は桜と菜の花が一番好きです。桜は万人が好きですが、菜の花はこれはまた、母の話になりますが、母との絆の花だからです。隔離されている園内から外に出ることは、とてもむつかしかったのですが、それでも、父や母が危篤というときなどに限り、日帰りなどの帰省証明が出されました。ただし、これも公務員（私たちは職員さんといっていました）の方の胸三寸というか、冷たく厳しい偏見を持った人にいくら頼んでも外出証明書はもらえません。そこで患者も考えて、少しは人情味のある方に頼みます。それが成功し、母と私にやっと帰省証明証が発行されます。

患者とばれないよう十分な注意をして母子は近くの駅に歩み出しました。もう、母には顔に病状が出はじめていたので、さらに注意しないと、逃亡患者としてつかまると、ひどいしうちが待っていたのです。春たけなわの午後、一本の道を母は私の手を握り必死に歩きました。道の両側には菜の花が咲き乱れ、道をおおいつくさんばかり。菜の花の強い香りが全身にまといつき、私はその香りに酔うような思いで歩くのでした。この菜の花は食用油をとるためのあぶら菜で、丈夫で人の丈ほどにも伸び、その枝全部に花がつき、あざやかな菜種子畑になるのです。その鮮やかな黄色の菜の花の道を母と子は駅に向かうのですが、永野田駅こそが第一の関所だったのです。駅員、近くの村民によって通報され、逃亡患者が一番多く捕まった駅だったからです。そのような駅に向かう母の恐怖におののく気持ちはどんなものだったのでしょう。

幼い私は父に逢える嬉しさと黄色に輝く菜の花の道を勇んで歩いていたのです。帰省証明証があるからといって安心はできないのです。あの偏見に満ちた時代、それがどれほどの役にたったたか疑問です。

でも、そのときは無事に家に帰りつけました。思い出せば心が痛む花なのに、やっぱり菜の花が好きです。それは父と母との再会の花だからです。

ああ、また、書いてしまいましたね。新しいスタートをきられる皆さんに暗い話を。皆さんは明るい心で家族の花をみつけてみてはいかがですか。お母さんの花がカーネーションとはかぎらないと思うのです。ふと見つけた都会の中の野の花でもいいのです。花さがしをためしてみてください。一生の心の花として。

社会科通信

山口さんからのお便りです．

２００３年５月６日（火）

松ノ木中学校の皆さん、二年生への進級おめでとうございます。

また、今回たくさんの方々からお手紙をいただき、驚きと嬉しさでいっぱいになりました。お手紙は私への感謝と励まし、慰めなど書かれてあり、読み進むうち皆さんが本心からやさしさを持った良い方々と思われ、大安心をいたしました。なぜなら、中学生、高校生のひきおこす事件が毎日のように報道されるからです。そこで、もう一歩私からの提案ですが、それを行動で示してみませんか。人の目を気にせず、正しいと思ったことを行動に移す、これは自分自身への自信につながるのです。今から、私の体験を話しますね。

皆さんはハンセン病元患者の方が国家賠償を求め、人権の回復、今までにうけた非人道的処置への賠償を目的に訴訟《そしょう》をおこされたことはご存じですよね。その原告第一号の方が本園の患者さんで、それに十二名の方が加わり十三名からの訴訟のスタートがきられました。が、この訴訟に反対する患者の方も多数いたのです。

特にここ星塚敬愛園はそれがはげしく、原告の方への中傷、差別など、同じ患者でありながら、ここまでやるかというくらいひどいものでした。訪問された弁護士を面会人宿泊所（本来、誰でも泊まれる施設）へ泊ることも許可せず、会議場所もかし出さず、原告の方は自宅に弁護士を迎え、そこで会合し、ざこ寝するという生活を三年も強いたのでした。

反対する理由は「身内に迷惑がかかる」、「金がほしいためだけにやっている」等々です。そしてあの勝訴、私はあのニュースをテレビが映し出したとき、声をあげて泣きました。そして、全患者に賠償金（これは原告の方への呼び方）、補償金（これは非原告の方への呼び方）が支払われました。それは高額なものでした。そうしたらどうでしょう。あれだけ原告の方を中傷し、いやがらせした患者の人も平然と補償金の請求をして、それをうけとったのです。主義主張はどこにもありませんでした。これに私はものすごく腹がたって、ちょうど、全国療養所協議会陽春号の文芸募集に原告を中傷した人たちを糾弾《きゅうだん》する随筆《ずいひつ》を書いて投稿したのです。そうしたら入選し、全療協ニュースに載り、全国の療養所に配布されたのでした。

当然、各舎に配布されるので、その人たちも見ることになります。ここは原告の皆さんの出発点でもありますが、反原告の人たちの巣でもあるのです。私は、そういう人たちからのいやがらせを覚悟しました。

ところが、原告の方からの「よくぞ、言ってくれた、うれしい」という励ましの電話はたくさんいただきましたが、いやがらせは一回もありませんでした。

皆さんは「ペンは剣よりも強し」ということわざを知っていますか。私、支援の会の方にちょっといばって、「あの文は私の正義感です」といったら「いいことばですね」とほめられました。

今回、物を書くのにも勇気が必要なときがあるということを知りました。

さて、皆さんは小さな勇気、大きな勇気をどこで発揮できますか。やってみよう！

社会科通信

山口さんからお手紙です。

２００３年６月１１日（水）

松ノ木中学校の皆さん、新緑の美しい季節になりましたね。深呼吸するのにもよい季節、皆さんからいただいたお手紙は、今も私の心を温めてくれています。本当にありがとうございました。

今日は私自身の根性の話をします。

福原愛ちゃん、あの卓球少女は世界大会出場、それもベストエイト、最年少なんですよ。小さいとき、テレビ出演して卓球をしてみせ、負けるとよく泣きました。それも悔し涙です。五歳か六歳であの負けず嫌い、やっぱりほかの少女とはちがったようです。

さて、私の話、星塚分校では外出は許されなかったのですが、さすがに先生方もそれをかわいそうに思われたのか、私が小学校六年生くらいのとき、園の幹部との話しあいで、遠足が計画されました。多分、秋だったと思います。

敬愛園の周囲は山脈が広がっていて、夏に秋に美しく自然の姿を見せてくれます。今は南側の横尾岳が新緑にいろどられ、いきいきした姿を見せてくれています。その横尾岳への遠足でした。生徒数は小学、中学あわせて三十〜四十名はいたと思います。皆大喜び、外に出ることがほとんどなかったからです。ところが、私には先生が「君にはむりだと思うからやめたらどうだ」といわれたのです。

それは私がハンセン病を発病する前、二歳のとき、ひどい高熱が出て、両親が医者を呼び、左のおしりに注射をしてもらったのだそうです。すると熱は下がったのに、それまで歩きまわっていた私が、ハイハイをはじめ歩けなくなっていたのです。小児マヒで左足がかなわなくなったからです。そして、私は右足より左足の方が四センチ短く、今も跛行《はこう》（歩くときつりあいがとれない状態）で歩いています。ですから、そんな足では相当の道のりの山登りはむりと判断されたのです。

私は歩き方をまねした少年をにらみつけたり、足が悪くても運動会で走ったり、缶けり、鬼ごっこ、なんでも友だちのやる遊びには加わりました。たしかに劣等感はありましたけれど、負けたくないという意地が強かったようです。

ですから、遠足にも加わることにしました。先生が私にだけ杖を作ってくれました。

横尾岳のふもとまで三キロほどの道のり、そこから千メートル近い山に登るのです。さすがに私は歩くのがおくれがちになるのですが、先生や友だちが私の手をひっぱり、励ましのことばをかけてくれるので、山道を進めることができました。息を整えるとき、山道のきれいな落葉に見いり、澄んだ山鳥の鳴声、風のわたる音、山の清浄感が全身をつつみ、山全体が私を迎えいれてくれたように思いました。

そして頂上、そこはすすきのおいしげるところでした。皆が歓声をあげ、私も叫びました。おにぎりと漬物だけのそまつな昼食のおいしかったこと。山までの道の遠さ、山道のきつかったことすべてを忘れることのできるほどの達成感。自分自身にもやれるという自信をも、もたせてくれました。たった一回きりの遠足、けれど、あのとき咲いていた野アザミの鮮烈な美しさは今も忘れません。

社会科通信

山口さんを紹介します。

2003年7月11日（金）

松ノ木中学校の皆さん、梅雨、いやですねえ。こちらは六月に入り毎日のように雨ばかり。でも皆さんにはもうじき夏休みが待っていますね。ただ、ちょっと電力不足が心配ですが。

さて、今日もまた分校のお話、題は「発見」です。分校には本校より小、中学五名の先生が派遣され授業されました。上から下まで白衣、帽子に白い長ぐつ、医者といってもとおるほどの予防着姿、それで教だんに立たれ、授業をされました。廊下ですれちがうと先生からは強い消毒薬の匂いがしました。そのような先生方に生徒はなじめるはずもなく、よっぽどの用事のないかぎり職員室（教員室）に近づきませんでした。着任された先生のほうも、とんだ貧乏くじをひかされたという当惑がみられ、それを敏感に感じとった生徒は先生に心を開くことはなく近づいてもいきませんでした。

けれど、着任して二年もすると先生本来がもっておられる教育理念（生徒に正面から向かい教育していきたいという気持ち）につき動かされてか、昼休み校庭で遊んでいる私たちに加わり、ドッジボール、缶けりなどされるようになりました。そんなおり、四十名以上いる生徒にはせますぎる校庭だったので少女舎（女子寮）の下の畑を地主にかけあいグラウンドにすることになったのです。それは先生方の発案でした。それからはじまった大仕事、どこが土手かわからないほどはびこった雑草、まず草とり、全校生徒に先生も加わり雑草との格闘《かくとう》、全部とり終えるのに一カ月以上かかったように思います。そして、それから地ならし、土を固める作業です。高さ一メートルほどもあるコンクリート製のローラーに取っ手がついたのを引いて固めていくのが、これが大変でした。中学生の男子四、五名がかりでやっとひけるほど、女の子はかけ声ばかり大きくてビクとも動いてくれません。畑だったのでもともと土が柔らかいのです。そこで、若い男先生と女先生が取っ手をひっぱり、私たちが後押しをするという形で作業はすすみました。

雑草が抜きとられた土地は思った以上に広く、それをまんべんなく押し固めていくのですから大仕事でした。けれど一つの物を皆で作りあげるというのが一体感を生み出し、いつか私たちは先生方にうちとけていくようになりました。先生の「がんばれ！」というかけ声に皆が「ハーイ！」と答える素直さももどりました。そして、やっとグラウンドが完成したとき、若い男先生と女先生は泥だらけの手でしたが、生徒全員と握手してくれたのです。

皆、思ってもいなかったことなのでびっくりしましたが、握手した後の顔は輝いていました。私も初めて健常者と握手したのでドキドキしました。そして健常者の手がこんなにも柔らかく温かくしめっているのを知りました。

患者さんの手は皆冷たくゴツゴツしていたからです。そうして自分の中にあるかたくなな先生への反発のカラを発見したのでした。

患者の側にもある先入観、偏見のカラです。皆さんは素直な心で人と向かいあってください。

社会科通信

山口さんからのお便りです。

2003年9月2日(火)

松ノ木中学校の皆さん、今夏休み中ですよね。ですからこの文を読むのは九月に入ってからになるでしょう。こちらは毎日三十度をこす真夏日。東京のほうは冷夏、ジワジワと温暖化が実感されてきます。さて今日はおもむきをかえ、私の好きな洋画の話から入ります。

私、若いときからものすごく洋画が好きなのです。ですから新作もほとんどレンタルですが見ています。なぜそんなに好きなのかなと考えると、アメリカ人のなんともいえぬ心の豊かさ、寛容さにひかれるのだと思います。「プライベート・ライアン」「パールハーバー」など戦争映画の敵との銃撃戦のさなかにおいてさえ、たがいに励ましあいつつもジョークを言いあうのです。一発あたれば死がまっているのにです。私はそこにアメリカ人の底しれぬ奥深さと余裕を見いだすのです。それは映画ですから作られた場面もあるでしょうが、あのブッシュ大統領でも、会衆の前でまず、ジョークを言って皆をわかせ、それから本題に入っていきますよね。

日本はかつて敗戦国でした。もう皆さんは忘れているでしょうが。今でこそ日本もイラクなど敗戦国への援助などを考えていますが、かつては日本もみじめな敗戦国で食べるものも、着るもの、住むところ、すべて消失しました。それに援助の手をのべてくれたのがアメリカでした。

ところで、昭和十年、星塚敬愛園は開設され、強制収容の患者であふれていました。戦争のさなか、患者自身で退避のための穴掘りなどしたり、野菜を作り、たきぎを作り、すべて自給自足を強いられていました。園内に爆弾がおとされ三、四名の患者が亡くなったこともありました。

そして終戦。園内はすべての物資が欠乏していました。昭和二十五、六年ぐらいからでしょうか、疲れきり、病気も重くなり、絶望の中にあった患者たちに年に一回、とても楽しみの日ができました。それは千二百人以上もいる患者（子どもも全員）が公会堂に集められるのです。職員さんより一枚の数字が書いてある紙を手渡されます。公会堂にいる皆はびっくりです。広い公会堂いっぱいにきれいに並べられている衣類の列、それはララ物資と呼ばれていたアメリカからの援助物資が私たちハンセン病患者にもまわされたのです。外の人も着るものがない時代にです。そして職員が読みあげる札と同じものをもらうのですが、中身は軍服、手布、ときには婦人物の服などもありました。子どもの私などはもらった品が重たくてよろけて大人の人に助けてもらったものでした。

敗戦になり、五、六年もたたないうちに、このように敗戦国への援助の手をさしのべることのできる（それも日本人から見捨てられているようなハンセン病患者にさえ）アメリカの豊かさと心、私はそれを忘れることができないのです。アメリカは多民族国家ですから、そのように寛容さも生まれたのでしょうが、皆さんも、広い視野、広い心を持った人になってほしいと願っています。身近な人をまず許せる人に！

社会科通信

山口さんからお手紙です。

2003年9月18日（木）

松ノ木中学校の皆さん、楽しい夏休みすごせましたか。雨続きのうえに冷夏、いまいちの夏になってしまいましたね。こちらは連日猛暑、午前中より温度計の数字はぐんぐんあがり、日中は三十四度、クーラーなしでは暮らせない毎日です。

さて今日は高校の話から食物の話です。

ハンセン病患者のみの高校が設立されたのは昭和三十年、場所は岡山県の瀬戸内海に点在する島の一つ長島でした。長島愛生園は全国初の国立ハンセン病療養所として作られたところです。実に国の隔離政策としては適していたと思います。島ですから患者は逃亡することができないからです。一番本土と近いところでも一キロほど、そこは速い潮流があって命がけで泳がないとわたれないところです。あとできいたのですが、何人もの人が失敗し亡くなったそうです。そのようなところに高校が建ったのは元気で若い人たちが百二十名も集まるわけですから、まずは逃亡できない場所としてでしょう。

高校に入学してまず先輩の一言、「島流しおめでとう」、これには面くらいましたけど確かにそのとおりでした。私は泳げないのではじめから逃亡など考えていませんでした。むしろかっこよく言えば向学心にもえ、希望で胸がわくわくする入学でした。星塚から一歩も出たことのない者には長島は未知の世界ですべてが美しく（特に海が）新鮮だったのです。

そして半年もすると友人もでき、その友人が長島愛生園の人だったので療養所の夫婦寮に連れて行ってくれたり、親しくなりました。

まだあまり物資も食料もない時代で、私たちはいつもお腹をすかしていたので、夫婦寮のおじさん、おばさんの出してくださるお菓子などが目あてでもありました。

高校に入学し、女子寮に入ったのですが、夏から秋にかけ、女子寮の上にある丘のあたりから夜になると「グォー、グォー、グォー」と妙な鳴き声が聞こえてくるのです。それは不気味で正体を確かめに行く勇気もなく、皆でなんだろうと言いあっていました。

ある夕方、女子寮に近いこともあって、いつものおじさん、おばさん（中本さんといいました）のところに行くと、おじさんが「今日は珍しいものが手に入ったきに食べんしゃい」といって皿に出してくれたものがありました。小さく切ってあり、骨付きの少し曲がった足のようなもの、見た目は鶏肉そのもの、おじさんもおばさんもへんにニコニコしているのもふしぎだったのですが、お腹のすいているのには勝てず、完食、それを見ておじさんいわく、「うまかったじゃろうが、それがよなよな女子寮の上で鳴きよる食用蛙《うしがえる》じゃ、今日知りあいにぎょうさんもらったで、シメちゃんにも食べさせたんじゃ」。これには私はゲゲッとなりましたがもうあとの祭、きれいに胃の中におさまっていました。実は鶏肉と同じ味がしておいしかったのです。

長島は暗い歴史を持つ島ではありましたが、若い私には夢を養い希望にもえ、たくさんの友情の生まれたところでもあり、忘れられない場所となりました。

社会科通信

山口さんからお手紙です。

２００３年１０月２１日（火）

松ノ木中学校の皆さん、二学期にはいり、また勉強かあ、と嘆《なげ》いている人もいるのでしょうか。

今日は「父のみやげ」という題で話をします。題だけ聞くと向田《むこうだ》邦子《くにこ》さんの作品のようですが、あの方のようにほのぼのとしたものにはならないでしょう。

皆さんはお父さんからもらったおみやげを今も持っていますか。もちろん小さい頃の。私は持っていません。それは食べたり、割ってしまったからです。昭和二十二年に母や姉とともに強制隔離されたのですが、私は父の五十歳近いときの末っ子で、足も悪かったので父にとって一番気がかりな子どもではあったと思います。収容された患者の逃亡には職員は厳しく、常に園の外には巡視と呼ばれる、今でいうならガードマンが巡回していました。

それなのに患者地域にはその職員ははいってくること

はありませんでした。理由は感染が恐ろしかったからです。そこがつけ目でしょうか、父は夜の闇にまぎれ、一年に二回ほど面会に来てくれました。園外で巡視に見つかることのないように十分に注意し、母の寮に来るのです。母は同室者の女性三人といましたが、誰も職員に密告することはありませんでした。父が私に逢うために来ることを知っていたからです。自分たちも夫や子どもと別れさせられてきていたので、私は皆にとてもかわいがられていました。ですから父は同室の女性からとても大切にされ、食物も分けてもらい、どこから手に入れたのかお酒までふるまわれていました。

私は久しぶりの父との面会で大はしゃぎ、父の背におぶさったり、あぐらに坐ったり、そして父が背負ってきた大きなリュックサックの中身、そこには私の大好きなポン菓子(お米をふくらましたもの、甘くておなかがふくれる食物)とあの今もある細長い風船(ふくらましてプードルなど作る)でした。私はポン菓子をポロポロこぼしながら食べ、父はそれをひろって食べるというぐあいに父と子の短い再会のときはすぎました。

私は今思うのです。ひどい偏見にもあい、兄には見捨られ、子ども時代の寮母さんのひどいしうちに耐え、ねじまがるだけねじまがった性格のはずなのに、心のすみにあるほんわかと豊かなものはなんだろうと。

それは父のあのときの面会であり、あのみやげであり、何よりも母を愛し続けてくれた父のやさしさではないだろうかと思うのです。

離れて暮らした年月よりも、父との面会の密度のほうが高かったのかなとも思ってしまいます。同級生の中には両親が長く離れて暮らしたため、父も母も別の人と内（所内）と外で再婚した人もいたのです。しかし私の父と母はそうではなく、父は最後まで母に逢いに来てくれ、私へのみやげも忘れませんでした（もちろん小学生の頃まででですが）。

私は今結婚し、夫とけんかもしますけれど、父と母とのように夫婦をまっとうすることができるといいなあと思っています。ですから、私はすべてが不幸であったとは思っていません。主人もいい人です。これ、おまけ！

社会科通信

山口さんからお手紙です

2004年1月9日（金）

松ノ木中学校の皆さん、ハッピーニューイヤー！ このくらいの英語は知っています。

二〇〇四年、皆さんの年はどのようなものになるのでしょうか。占ってあげますね。

ハッ!!（気合いです）皆さんにとって願いごとの叶《かな》ういい年となるでしょう。これは本当は私の願いでもあるのです。少し計画していることがあって、それが叶うといいなあと思っているのです。

今日は新年ということもあり、年賀状の話をします。毎年五十枚ほど書いて出すのですが、どういうわけか来るのが増えて、結局返礼は絵ハガキで出したりしています。

思いがけない人からくるととても嬉しいですよね。高校の同窓会のあった年など、どっと下級生からの年賀状が来ます。皆さんは中学生ですからどうだかわからないのですけど、高校のことをふり返ると下級生は印象が残っていないのに上級生はよく憶えているのです。三年前、岡山での同窓会のとき、少しあこがれていた先輩がいて、ホテルのロビーで相席になったとき、「高校のときあこがれていたのですよ」といいましたら、先輩は、「そういうことはもっと早くいえよ」と返してくれました。

おたがい結婚し、先輩にはもしかしたらお孫さんもおられる年齢ではないでしょうか。このタイムスリップというのが人生にはものすごくたいせつなもののように思えるのです。

それは友情、残念ながら星塚の分校時代の同級生、同窓生とはプッツリと縁が切れましたがそのぶん、高校時代の友情はなんと四十年も切れないで残っています。同窓会には（オリンピック開催の年に集まります）、卒業生三百人のうち百名余りが参加するのですからすごい出席率でしょう。健常者の奥さんのいる人はそれをかくし、多分出張などといって参加するのでしょうが、それでも皆に逢いたいのだそうです。腹を割って話せる相手、自分をそのまま受け入れてくれる相手、何もかくしごとのいらない相手、こんな気楽な友に逢えるのですから、逢いたくなるのは当然だと思います。少しきつい冗談もそれよりもきつい冗談で返してきても、傷つかないから不思議です。たしかにハンセンという特殊な状況下におかれた友情なので、絆《きずな》が深い面もあるでしょうが、それに先生方も加わられるのです。そして先生方も、「お前たちの先生であって今はとても嬉しい。こんなにも忘れないでいてくれるのだから」と言われ、私たちも胸を熱くしました。

皆さん、友だちには誠実に接しましょうね。利用しようとしたり、悪い道にさそいこんだりする人は、多分、生涯友だちは作れないでしょう。人間としてごくあたり前のおもいやりや、やさしさ、そして生きることに一生懸命にとりくむ人には、きっとむこうから人が近づいてきて、その人の生涯を通じ信頼できる友情が生まれ、年月を経ても夕イムスリップがおきて、その人の生きる力になってくれると思います。今からでもできますよ。むりをしないで自分みがきをしてください。また、説教になってしまいましたね。

社会科通信

山江さんからお手紙です.

2004年2月18日（水）

松ノ木中学の皆さん、桜の花も咲き、木々は芽吹き、今が一番生命の息吹きを感じる季節ですね。明るい春に私の話はどうしても暗くなるので迷ったのですが、やっぱり書きます。

テレビで「砂の器」というドラマが放映されました。先週で終わりましたけど。これには原作があって、作者はもう亡くなられましたが松本清張という方です。今この作家の何本もテレビでやっていますね。『黒の回廊』『証言』『鬼畜』などです。

私はこの人のデビュー作「点と線」から大好きになってほとんど全作品読んだと思います。新作が出ると買い、その後は本屋に行くと必ず文庫本コーナーに行き、松本清張コーナーで読み落としがないかさがし買ってきて読むほどのファンでした。時には以前買って読んだのに題名を忘れ、また同じ本を買ってしまうこともたびたびありました。

この『砂の器』はその中でも私をひきつけるものがありました。それは明らかな形ではありませんでしたが、らい（ハンセン病）が出てくるからです。この病気に冒され、村を追われた父と健康な幼い男の子の流浪の旅が小説のはじまりです。白い巡礼姿で各地をさすらい、物乞いして過ごす絶望の日々、それでも父と子との絆は深く、いたわりあうのです。

が、子どもは成長し、一流の指揮者にまで成り上がり、裕福な家の婚約者までいて順風満帆のように見えた人生に、たった一人、彼がらいの子であることを知っている人物が目の前に現れます。

それは村々を追われ続け、病いと疲れで行き倒れ寸前の二人を救った小さな村の巡査です。そして行なわれる凶行。それほどまでに彼を追いつめたらい者の子どもということがばれたら彼は今の名声も婚約者もすべて失ってしまうからです。これは映画にもなって、私はちょうど全生園にいたので、池袋の映画館で二十名ほどで観ました。この父と子の流浪の旅が四季おりおりの風景の中でうつし出されたとき、自分が村の人から受けた仕打ちがよみがえり、溢れる涙をおさえきれませんでした。一緒に行った人たちも皆しのび泣いていました。それほど映画は原作に忠実に作られていました。だから、テレビで『砂の器』をやるときいてすごい期待をして見ましたら、三回ほどからあれっと思うようになったのです。

指揮者がピアニストにかわり、劇団員が出てきたり、新聞記者など全く原作にない人々が次々と出てくるからです。こんなに原作にない人たちがどこでらいと結びつくのかと思ったら、父親は逃亡犯という設定でした。なんだ、こりゃというのが率直な感想で、五回頃から見るのをやめました。

制作したテレビ局にも抗議のハガキまで出してしまいました。もちろんしっかり自分の名前を書いて。局は人権、人権とうるさく言うハンセン病患者（らい患者）から逃げた作品作りをしたのです。私は原作者の松本清張がこれを喜んだとはどうしても思えません。

社会科通信

山口さんからお手紙です.

2004年3月10日（水）

松ノ木中学の皆さん、新緑の美しい季節になりましたね。こちらの方ではせんだんという大木に若芽と同時にたくさんの花がつきはじめました。うすい紫の小花がみっしりと咲き、良い香りを放ち、私はこの花が大好きです。

さて今日は、私の初恋の話をします。えっ、療養所に収容されている患者に初恋なんてあるのという疑問にお答えします。

それは私がまず人間であり、女性であり、感情ももっているからです。時は春です。

星塚分校には小学校、中学校があって、それぞれ本校より派遣教師が来て私たちに勉強を教えていました。上から下まで白衣姿の、一見するとお医者様という姿で教壇で教えられるのです。近寄りがたい先生方でありました。

小学校は複式学級でしたが、中学生になると一つの教室で一年生、二年生と教えられました。私は中一、同級生は五人、女子二人、男子三人でした。当時は小学生までは山猿のごとく男子生徒と野山をかけめぐり、食物（木の実）さがしをしましたが、さすがに中学生になると、ひとり本ばかり読む女の子でした。それは、私は左足が小児マヒで悪く、びっこ（今はこのことばは差別語で使用しません）をひいて歩くのがものすごく劣等感となっていたからです。

中学三年の男子生徒で、たしか熊本の方からの転校生がいたのです。かくれてタバコを吸うような、やや不良じみているのに周囲には友人が何人もいるというような人でした。体は大きくないけれど、今風に言うならイケメンのほうだったでしょう。私はその人がひそかに好きでした。が告白なんてとんでもありません。

ところがその人からある日、小さなメモを渡されました。それには「何日の何時、裏の畑に来い」と書いてあり、私にとっては夢のような思いで、授業が終わると同時にその畑に向かいました。まだ一時間以上もあるのにです。

裏の畑は姶良野《あいらの》と呼ばれる一面の畑、その頃は菜種油をとるための油菜というのが山すそから一面に植えられ、それにいっせいに真黄色の菜の花が咲いているのですから、本当に黄色のじゅうたんが敷きつめられているような美しさでした。私はその菜の花にうもれるように待ちました。けれどその人はあらされませんでした。たった一本しかない道に、その人の姿があらわれるのを胸をときめかせ待ちました。そして五時間ぐらい待ち、夕暮れて西の方より菜の花も夕焼けにそまり出し、私はやっとその人にからかわれたのを知りました。おかしなもので、自分に好意を持っている人はわかるものですね。きっとその人は友人たちと私の待つ姿を見て笑っていたかもしれません。私はその人の本意に気づいてもしばらくは夕景に見入っていました。一面の菜の花の中にたった一人の自分、それは少しもさびしい自分でなかったからです。自然の中に身をおいて好きな人を待っている。その気持ちがとてもうれしかったからです。皆さんも大いに人を好きになってください。得られない恋であってもそれは心の引き出しでいつまでも香りを放つものなのです。

社会科通信

3年になって最初の山口さんからお手紙です。

２００４年4月１４日（水）

松ノ木中学の皆さん、毎日寒いですね。でもこちらではもう梅のつぼみがふくらんできています。私は桜とか梅とか花木が好きで、庭に花水木、桜、つつじなど植えています。

今日は最近話題になりました熊本の黒川温泉ホテルの話をします。あの事件をまず報道で知ったときの感想は、残念という気持ちとやっぱりという思いです。

らい予防法が廃止となり、国家賠償訴訟にも勝訴しました。が、それはほんの数年前のこと。それから世間もマスコミも啓発運動に乗り出してくれましたけれど、九十年にも及ぶ偏見がそんなに簡単に切り替えられると私自身思っておりませんでした。結果通りでしたね。

さて、これは九州各県が年間行事として行っているハンセン病患者だけの里帰りにあります。県が計画し、ホテルの予約、観光などを盛りこんだ一泊二日、または二泊三日の日程での里帰りが一年に一回ほどあり、熊本もそれを実施したのです。ホテルは熊本県でも一流の黒川温泉のアイレディース宮殿黒川温泉ホテルでした。県側は三十名ほどの宿泊予約の団体名を障害者としました。それが実施の二週間ほど前になって突然、ホテルが「障害者団体とお聞きし予約しましたが、ハンセン病の方はほかのお客様への配慮もあり、宿泊をお断り致します」と言ってきたのです。県側はすぐに啓発パンフレットを持ちホテルに出向き、交渉したのですが、拒絶されました。これは熊本県としては面目丸つぶれということになります。なぜなら、国家賠償訴訟で勝訴を勝ちとったのは熊本地裁だったからです。患者にとっては聖地ともよべるところでの事件。すぐに熊本の菊池恵楓園、入所者たちの総本部である全療協から抗議の文書がホテルに送られました。それはあきらかな偏見だったからです。が、ホテル側は県側の予約に問題がある、の一点ばり。ここで県側は強硬処置に出たのです。それは旅館業務法違犯、「何人たりとも宿泊を拒否してはならない」にあたるとし、黒川温泉旅館協会からの除名と検察庁への提訴をしたのです。ホテル側も、これほどの社会問題に発展するとは思ってもいなかったでしょうし、黒川温泉郷のイメージダウン、また、除名となるとPRもできなくなり、ホテルの宿泊客も少くなってしまいます。そこでこのホテルのオーナーがとった行動が全国のハンセン病療養所へのお見舞い（謝罪ではなく）訪問でした。予約も何もなく突然の訪問。ここ敬愛園にも来ましたが、自治会長が「貴方の訪問の意図がわからない、まず理解と謝罪が先ではありませんか」と言って帰ってもらったそうです。このいきさつは連日テレビ、新聞にて報道されました。すると熊本の恵楓園の電話は鳴りっぱなし、ファックスは届くという状態になりました。その中の八十パーセントがいやがらせ、患者への抗議でした。ようするに患者さんの人権を否定するやからの多いことの証明です。

皆さんの身内にそのような患者がいたら、貴方はその人の力になりますか、見捨てますか、それが問われる問題提起の事件でした。

社会科通信

山口さんからお手紙です。

２００４年５月１０日（月）

松ノ木中学の皆さん、いよいよ進級の春がきましたが心がまえはいかがですか。

春といえば花粉症の人にはつらい季節。実は私も以前はなかったのにここ一、二年、この時期、眼がかゆくなって困っています。

さて今日はあの熊本のアイレディース宮殿黒川温泉ホテルの続きを書きます。やってくれましたね。あの社長さん、見事な逆転劇をしてくれたのです。加害者から被害者にかわった逆転劇。熊本県が旅館業務法違反で黒川温泉ホテル側に三日間の営業停止処分を申し渡す直前で、ホテル側は廃業宣言をしたのです。

これは県だけでなく、抗議をしていた熊本の菊池恵楓園、各ハンセン病療養所もびっくりしました。そうしたら何がおきたでしょう。菊池恵楓園には当日から抗議の電話が鳴りっぱなし。いやがらせのファックスが送られたり、散々の状況になりました。

それは、黒川温泉ホテルを廃業にまで追い込んだのはお前たちハンセン病患者たちだという印象を世間に与えたからです。実にうまいホテル側の逃げ方だと私は感心してしまいました。自分たちの本質（偏見体質）はそのままにしながら、私たち患者のほうを悪者に仕立てあげてしまったからです。もしかしたら宿泊拒否以前よりホテルの経営が悪化していたかもしれないじゃないですか。でもそれは誰も知らぬこと。社長が急に各療養所めぐりをしたり、全国のハンセン病患者のツアーを組んでホテルに宿泊していただくと公言していたのはいったい何だったのでしょう。

これほどの策略が用いられる人なら、ホテルの立て直しなどすぐできると思います。ただ許せないのは人をあざむく、だますということです。自分は偏見をもっていると思ったらそれについて正しい知識を得る努力をすれば良いのです。それをしないで口先ばかりの謝罪。ホテル側の企画室長は東京の大学生がケイタイ電話で抗議文を送ったら、それをホテルのホームページで文をそのまま載せ、大学生のケイタイ番号まで開示《かいじ》したので、その大学生のケイタイには無言電話やいやがらせの電話が多数きたそうで、大学生はとてもいやな思いをしたそうです。これ、プライバシーの侵害にあたると思います。

私はこの後のホテルの成り行きを見守りたいです。社長は多分、交代するでしょうが、ホテルは名前を変えて営業再開すると思います。その時またホテルは、ハンセン病患者の宿泊をどうするのでしょう。

そして、もう一つ言いたいこと、それは、マスコミは正しい報道をしていると思いますが、ある面、諸刃《もろは》の剣《つるぎ》で人の心を煽動《せんどう》するところもあるのです。一面だけ知って恵楓園に抗議の電話をかける人たちです。その人たちはハンセン病を知ってるの、療養所を知ってるのと言いたいです。皆さん、良識ある考え方を持つには勉強が必要なのですよ。辻村先生の話、しっかり聞いてくださいね。

随筆

道

私の心の中にはいつも一本の道がある。

道は畑の中を西から東へ一直線に続く。せまい農道だから、道ぎりぎりにまで荷車の轍《わだち》の跡が二本深くきざまれている。

深く掘られすぎた轍のために、道の真ん中は少し高くなり、そこには雑草がおいしげって、遠見には草の道に見える。真ん中の盛りあがった固めの土にでも根のはれるのは、おおばこ、かやつり草などだ。おおばこは広い葉を広げ、丈夫な茎に白い小粒な花をびっしりつけた花穂を何本も、のびあがらせている。

道の両側の土は柔らかいから、もっと雑草の種類も多い。小さな水溜りのように、おおいぬのふぐりは水色の小花を一面に広げ咲き、なずなは近づかないとわからないほどの小花を白い点々のようにつけ、タンポポはめだつ黄色の花で並び咲く。ところどころには、どこかの畑からの飛び種子で咲いているれんげの紅い花、数え切れない雑草の小さな花々が今も心に咲いている一本の道。

そして、ときは真昼、季節は春、空には雲雀《ひばり》の澄んだ声が聞こえ、遠くの横尾岳は春がすみの中にそびえたち、ふもとの民家の庭先の桜はうす桃色の雲のようだ。

道をはさむ畑という畑には菜の花の黄色が一面に広がっている。油菜《あぶらな》といって、菜種《なたね》油《あぶら》を採るために植えられている野菜が、今、いっせいに伸びはじめ、勢いのあるその枝々が道にまでのびて、道はさらにせばまってしまう。

この地は姶良野《あいらの》とよばれ、平地いったい、麦畑以外は油菜が植えてあって、それがすべて春に開花するから、黄色、黄色の花畑となってしまう。菜の花は強くいい香りを放ち、花の間を蝶や蜂が乱舞する。

人の心も、この濃密な香りにうめられて、春をまんきつするはずなのだ。

そして、その道を歩いていくのは母と幼い私、私は多分六歳くらいか。

母は背中にリュックサックを背おい、両手には手提げ袋がしっかりと握られている。暖かい日射しに母の額にはもう汗が光っていて、もの思わしげに、足もとを見つめ歩いていく。子どもの私は野の花摘みにいそがしい。

けれど、道草をくっていいことを私は知っている。それは、その道のつきあたりの一本松といわれる赤松のところで必ず休むからだった。

母は一本松に着くと、一息つき、持ってきた水筒の水を飲み、私にも飲ませ、小さなアメが一個与えられる。

母の顔は疲れ切ったように沈んでいる。私はこれから母が立ち向かうものを、うすうす感じても、春の明るさが嬉しく動きまわる。

そして、夕暮れ近くなったころ、やっと母は立ちあがる。その前に手提げ袋から出した手鏡で一心に自分の顔をうつし、納得すると歩き出す。そして、私はその後の役目を心得ていた。やっと目的の永野田《ながのだ》駅に着いた。

母は切符を買うとそれを私に渡す。二人分の切符を持った私は少し大人になったような気持ちだ。改札口で駅員に示すと、やさしい駅員だと「えらいね」などと言って頭をなでてくれたりする。

母は顔をうつむけ、足早にホームにあがる。顔には安堵の表情が広がっている。この永野田駅が一つの関門であることを私は後々知ることになるけれど。

列車が来て乗りこむと、母はすぐ入口近くの連結部分が目の前に見える席に坐るのが、きまりになっていた。そこが、車内の客より、自分が一番見えにくい場所であったからだ。

他の客と顔を見合わせなくてもすむ席、それだけのために選ばれた席であったけれど、二人掛けの席が向かい合っている作りであったから、ときに先客や、途中からの客が坐ることもあった。

そのときが私の出番、私はことさらはしゃぎ、母のひざに坐ってみたり、窓を開けようとして、相席の人に頼んだりする。六歳の子どもの頼みにはたいがいの大人が応じてくれる。

だが、相手の質問には母が口どめしていることは決して答えない。

私はいつか、自分の役目を心得て、乗客が母に注意をむけないようにするためにのみ動きまわる。時々、席に二人っきりになると、母はまた、手提げ袋より手鏡を出してのぞきこみ、私に「どうだ」と聞く。私は母の顔をしげしげと見て、首をかしげると母はあわてて、小さくちびた眉墨を取り出し眉をかきはじめる。

そのようなことを幾度もくりかえし、やっと乗り換えの志布志《しぶし》駅に列車は到着する。志布志は広い松林があって、海岸の白砂が美しい。その白砂に野生のものか、黄色のルピナスが群生して咲いている。

もう、暗くなりかけている列車の窓から、ルピナスの黄色の花穂が次々と流れ去っていく。暗くなっていくに従い、母の顔から緊張がとけ、時々、うたたねしたりしている。目的の故里の駅に降り立つのはいつも真夜中、暗くなれば、もう人目を気にしないですむという母の計画であったのだろうか。母との長い列車の旅、私の役目も終わりとなる。

母、姉、私が強制収容によって星塚敬愛園に収容され、父と兄だけが実家に残された。父や兄は村八分のような状態となり、毎日、つらい生活を送っていた。母はそのような村への帰省を願い出て、許されたのだった。

あの厳しい隔離の時代、母は幼い私のために懇願したのだろうか、それとも、父が待っている、ただその思いにつき動かされたのか。

母は軽症ではあったが、顔に病状が出はじめていて、眉はうすくなり、手は萎《な》え、曲がりかけていた。それをかくし通さなければならなかったのは、当時、逃亡患者は捕まると監獄に入れられたりしたからだった。

逃亡患者がもよりの駅でよく捕まった。

それが永野田駅、だから、母にとってこの駅は脅威そのものだったのだ。

両手に握りしめた手提げ袋は少しでも悪い手をかくすためだったし、私に切符を持たせたのも、私が幸いにも手に異常がなかったからだった。

そして、車中で人との接触を極端にさけたのも、患者であることが知れるのを恐れたからだ。逃亡患者が捕まったのは、皆、そのへんの農家の人たち、駅員からの通報によるものだったから。

あの偏見に満ち満ちた社会にあって、正式の外出許可証がどれほどの効果があったか疑わしいかぎりだ。

それでもやっと、手提げ袋の手鏡とちびた眉墨が、母をかくし通してくれた。

帰省して家に帰りついても、故里の家でさえ、けっして居ごこちの良い場所ではなかったはずなのに、それでも母は私を連れ、何回か帰省した。

途中、いつ通報され、捕まるかもしれない数々の関門を必死にくぐりぬけて。

私は今思う。私は母の助けになったのだろうか、少しは力になってあげられたのだろうか。

あのときの母の父への限りない愛を私は信じたい。

明るい春の陽光に満ちあふれた道を、母はこれからはじまる試練におののく暗い心で歩いていたのだ。明暗の一本の道。

今はその道は味気ないアスファルトの道になってしまっているけれど、私の中では、今もなお、野の花々におおわれ、菜の花の香りが満ち、春の日射しが明るくふりそそぐ畑中の道が見えている。忘れられない道。

それはやはり、その道が父と母が喜びの再会をするために続く道であったと信じられるからだ。

発見

小・中学を敬愛園の中の分校ですごした私だったけれど、その間一度として本校との交流がなかったので、本校の制服、校章、校歌さえ知らなかった。ただ、小学校、中学校とも派遣教員が私たちに授業をしていた。五名ほどで、中年の先生が三人、若い先生が二名だった。全身を白衣でおおい、まるで医者のような姿で教壇に立たれ、廊下ですれちがうときには強い消毒薬がその体からにおった。

そんな先生に対し、生徒たちは常に一線を画し接していた。が、患者同士の生徒たちはおたがい助けあいつつ学校生活を送っていた。

そして今、私たちは人間としての人権を回復し、一人の自由人となった。らい予防法が撤廃された後頃からか、私の本校である西俣小学校、大姶良中学校から、自由学習とかで先生に伴われた生徒たちが敬愛園に交流のために訪問に来ることが多くなった。また、どちらの学校も文化祭などの招待もしてくれるようになり、私も二回ほど母校の大姶良中学に出かけた。

本来なら私はここのOGのはず、期待、感動というものが体育館に入ったら自分におそってくると思った。初めて見る校章、壁にはられた校歌も見た。出入りする生徒たちは白い夏服の制服姿、だが現実は感慨一つうかばず、むしろ胸の中に白々しい嵐が吹きあれた。なんで、今頃になって近寄ってくるんだという思い、一番交流してほしかったさびしくつらい小学校時代、多感な中学時代、そのときは見向きもしてくれなかった。

そういう時代であったと言えばその通りだけど、年月が立ちすぎたのだと思う。それからはどちらの文化祭にも行っていない。

それなのにあの分校時代は鮮やかに憶えている。本校から来られた先生にはとんだ貧乏くじをひかされたという当惑が見え、それを敏感に感じとった生徒たちは近づくこともなく、なじめるはずもなく、教員室など生徒たちにとっては聖域にひとしく、よっぽどのことがないかぎり近づかなかった。教員室の入口の二つの洗面器に入れられた消毒液、そのにおいも大嫌いだった。けれど、若い先生ほど、近づいてこない生徒たちに自らが近づいていく努力をされていた。皆が遊んでいるとそれに加わったり、男先生は男子生徒のキャッチボールの相手などして。それでも生徒たちの心が開くことはなかった。それは両親とはなれ、または見捨てられ、兄や妹とひきはなされた子どもたちの心の傷は深く、強い人間不信が根底にあったからだけど。

分校は山の中にあるようなものだったから、四季おりおり、木々などは姿をかえ私たちの目を楽しませた。それに周りに柿だの栗だの野性の木の実もあって私たちの腹のたしになってくれた。おかげで猿のごとく食べられる実、食べられない実をおぼえ、木の名前も良く憶えた。草花なども先生に「これはなんて名前ですか」と聞くとそのとき答えられないと次の日には先生が「これはオオイヌノフグリと言います」と教えてくださった。先生は帰って植物図鑑で調べてこられたのだろう。

そして、あるとき、少女舎の下の畑をグラウンドにすると先生方が提案され、生徒全員がその作業に加わることになった。休耕田だった畑は雑草がおいしげり、広ささえわからないくらいだった。まずは草取りにはじまり、それから地ならし、この地ならしなるものがきつかった。高さ一メートル以上はあろうかというほどのコンクリート製のローラーに取っ手がついていて、それを引いて土を固めていくのだ。雑草を取った畑は思ったより広く、そこをまんべんなく転がし地ならししていくのだけれど、中学生の男子生徒でも四、五人がかりでやっと動くほど重く、女子生徒などかけ声は大きいけれどピクとも動いてくれなかった。

もとが畑なので土が柔らかくローラーがめりこんでしまうのだ。結局、これは大人の若い先生が引っぱり、生徒たちが後おしするという形で進行した。途中、汗をかいた先生が白衣をぬぎ（その姿をはじめて見た）白いシャツの袖をからげ、かけ声をかけがんばられた。ふしぎなもので、一つの物を皆で作りあげるということが一体感をうんで、少しずつ先生に生徒たちはうちとけていった。

そして二カ月がかりでやっとグラウンドが完成した。皆がグラウンドに集まったとき、先生は一人ずつと握手をされた。先生と手を握ることなど考えていなかった生徒たちはあっけにとられ、その後、皆の顔は喜びに輝いた。

私もおそるおそる先生と握手した。そして初めてふれた健常者の手というのはこんなにも柔らかく温かく、しめっているのだということを知った。私たちがふれる患者さんの手は固く冷たくゴツゴツとしていたから。

そして、皆でグラウンドを一周して歩いた。そのとき、先を歩いていた男子生徒が大声をあげた。そこは檜が並んで植えられている下の土手で、何かを指さしていた。先生と一緒に皆がそこに集まり、さし示すほうを見ると土手がくずれ、そこだけ黒土がむき出しになっていた。その奥に小さく白い玉のようなものがある。先生はそっと手をのべその一つを取り出し、じっとながめておられた。私たちは興味津々でそれを見ていた。

そして先生はそれを私たち全員に見せて言われた。「珍しい物見つけたね。これは蛇の卵だよ。多分ヤマカガシか何かだろうね」それはうずらの卵より小さく丸く白くプヨプヨして気持ちの良いものではなかった。

先生はその卵を受け取るとまた土手の穴の中にもどしててていねいに土で埋め「蛇も生物だから大切にしないとな」と言われた。

私はその言葉に本当の生の言葉を感じとり深く感動した。そして、自分がもっていた先生へのかたくなな反発の心の殻にひびがはいったのを感じた。その後、グラウンドは夕暮れまで生徒たちの歓声がたえなかった。

火の山

誰にでも故里の山がある。私は鹿児島出身だから故里の山は桜島になる。マイカーでのドライブの途中、桜島の熔岩道路を通ることもあるし、バスレクリエーションで見慣れた桜島を見ることもあるけれど、いつ見てもたけだけしく、ゴツゴツとした火山だと思う。

そして、そんなに大きい火山でもないのにあの噴出した膨大な量の熔岩には驚かされる。長い長い年月によって冷え固まった熔岩の上に、今は黒松がおいしげっている。桜島のほうは見る機会も多く、故里のほうは車で二時間で行けるのにここ十年以上も行っていない。

遠い、いとこ、はとこは今もいるけれど、はじめからつきあいもない。それが十年前に行ったのは多磨全生園にいる長姉が里帰りしてきて、どうしても故里が見たいと言うので車で出かけたのだった。星塚敬愛園にいる次姉と私も同行した。いざ故里に着いても、次姉と私は敬愛園に入所していることは村中知れわたっているので、正直、居づらいところであった。が、長姉は外見上も健常者と変わらないのと、遠い東京というのが目くらましとなって、そのようにふるまい、何十年ぶりで逢ういとこ、はとこと話に興じ、ときにはお茶までごちそうになって楽しそうだった。

その間、私と次姉は故里の自分の家があった場所に行ってみた。二人で車を降りたったのはここがはじめてだった。次姉は本当に、四十年近くこの地を訪れていないので、感慨深げだった。けれど、実家のあった土地は広く開けた土地と変わり、そこには外壁がうすい緑色にぬられたしょうしゃな二階家が建っていた。庭には色どり良く花が植えられ、ベランダに洗濯物がはためき、秋の陽射しの中にその家は輝いていた。後で聞くとその家は国分駐屯地の自衛官の自宅とのことだった。

するとふいに私の胸に次の短歌がうかんだ。「故里に帰るべき家すでになくなれど鮮やかに憶えし間取り」

かつての家の裏庭のしきりになっていた竹の生垣、日のささない場所だから竹も細かった。そして庭の四すみのあらゆるところには、父が子どもたちのためにと植えたビワ、夏みかん、ボンタン、柿、梅の木が葉かげを作っていた。

また、隣家との間には南天の生垣があって、赤い実がたわわになって重く垂れ下がっていたのが今も目にうかぶ。その南天の中に一本だけ白い南天があって父はそれをとても大切にしていた。その南天の生垣の間に紅梅の木があって、幹はこけむし、それでも春になるととぼしいながらも花をつけた。

その内側には丈が一メートル以上のわらがこいの堆肥入れのようなものが作ってあったが、それはからいもの苗床だ。その横にはお手洗い、そまつな小屋作りで今でいうドボンで大きなカメがうめこまれた上に太い板が二つわたしてあるだけ。子どもの私にとってこの便所だけは恐しかった。暗いカメの穴の底より何かが出てくるような思いがいつもしたからだ。

庭より外の道に出るところは両側が竹垣になっていて、右の竹垣の角には大きな古木の白梅が太い枝を地につくほどのばし、二月には青みがかった白梅が香り、五月になると青梅が、びっしりと実をつけた。

帰省のたび、唯一嫌うことなく私と遊んでくれた井上さんのところの兄妹たちとその梅の実をたたきおとし、塩をつけて食べては父に腹をこわすとしかられたものだった。

家の間取りは八畳ほどの居間と奥には納戸、隣の間も八畳（子どもの目には大きく見えるので六畳だったかもしれない）間で、西側には四畳間があった。そこに兄は寝ていた。

居間にはいろりが切られ、自在カギがかかり、いつも赤々と火が燃えていた。

玄関というより入口は二つあり、台所の方と南口の方に板戸があり、その下はどうしてか、三十センチほどすいていた。今思えばそれは家の中にある鶏小屋のための鶏の出入口だったのだ。居間にあがるには太く厚い一枚板の高いあがりかまちをのぼらねばならず、子どもにはこれはなんぎだった。

家は通風のため高床式だったから、思えば外側の床下にはいらなくなった板、柱、竹などがつっこんであり、その下の土はさらさらと乾き、そこには私だけのペットが住んでいた。その乾いた土に空いているすりばち状の五、六センチの穴、その穴は皆で六、七個はあった。

最初、それが何かわからなかったけれど、あるとき、一匹の蟻がその穴にすべり落ちた。すると一瞬の間に穴の底よりギザギザのついた二つの角のようなものが出て、蟻をはさむとその姿が消えてしまった。それは蟻地獄の巣だったのだ。これが子どもの残酷性に火をつけ蟻を見つけては投げこむ遊びをよくやったものだ。

そして日が暮れ、井上さんのところの兄妹たちも帰り、私も家の中にはいるとうす暗い電灯が居間の方だけに灯り、隣の部屋も納戸もうす暗い。家の天井の太いはりはすすで真黒で見上げるのもこわい暗さ、けれど、いろりの火だけはパチパチとはぜて明るい。

そして今晩だけは父がいつもするのに南の方の雨戸を引きなさいと私に言う。暗い隣の間のむこうの雨戸のところはもっと暗いから、やりたくないのだけれど、仕方なくやることにする。それは、父が手が不自由な母の夕食の手伝いをしているからだ。母は手の感覚がにぶくなっていて、火を使わせると、すぐに火傷をし、それがまた、なかなか治りにくいからだった。

私はおそるおそる雨戸の前に立った。だが私は眼の前にふしぎなものを見る。昼間でも南の方に桜島が荒々しい山肌を見せて立ちあがっているのが隣家との間に見えるのだけれど、昼は見慣れすぎているから、気にもしていない。が、真の暗の中に桜島ははっきりとその存在をあらわしていた。頂上近く、ふつふつと噴きあがっている赤い熔岩の火花、そして流れ出る熔岩の赤い川、それらが静かに、けれど、生き物のように動めいているのがはっきり見えたのだ。火の山がそこにあった。

山は生きていて、それを示していた。強烈に火の山が私の胸の中に印刻された一瞬だった。そして、それは後々、さまざまな思いの中にあらわれることになった。

雨戸をやっとくり終え居間にもどると、夕食の仕度がととのえられている。今夜は父が川からとってきた魚やエビの天ぷら、私が川土手でとってきたセリのよごし（白和え）味噌汁の具は菜っぱ汁、親子三人の夕食は和やかにはじまる。私の遊びの話は父と母を楽しませる。

母や姉、私が療養所に収容されていることは村の皆が知っている。その村八分されている村に母と私はこっそり帰省しているのだ。

兄は発病した母、妹の私を嫌い、ほとんど家にいつかなかった。だがときに夕食を共にすることもあったが、そのときの寒々とした空気を忘れることができない。母や私を見る兄の冷たい視線、口一つきかず、黙々と食べ、スッと立ちあがり奥の自分の部屋にひきこもる。その間、父も母も兄に気がねしているのが幼い私にもよくわかり、私もおしだまったまま夕食を食べた。

だから、兄のいない三人だけの夕食は本当に楽しかった。私のおしゃべりはとどまることがないほど続いた。父も母もそれをうれしそうにきいてくれた。

夕食が終わると早々に床につく。川の字になって寝る。右の方に母、左の方に父、どっちに向いても二人の温かさが伝ってくる安心感。私は幸せな眠りにおちる。そして朝、ほかほかと頭が温まってくる感じと、パチパチといろりの火のはぜる音が目覚ましがわり。いつも一番早く起きる父がまずいろりの火をおこし、母がごはんをたく仕度をしている。二人の話し声、帰省している間だけの毎朝の習慣、誰一人訪ねてくることもなく、父と母にはまた、苦難の日々かもしれないけれど、私はこの朝のごはん、お味噌汁、火のにおいのする時間が一番好きだった。

そして、私が顔を洗って、いろりの前に坐ると、父はいろりの中の熱灰を火ばしではらい、その中より、こんがり焼けたあわもちを拾い上げ、厚い手の平にのせ、パンパンと熱灰をはたきおとし、私の前においてくれる。あわもちは私の大好物であり、これが私のおめざとなっていた。これは私が帰省している間の毎朝のならわしのようになっていた。

ハッと現実にもどると、次姉はかつての家の庭であったところを思い出の拾い物をするように地面を見つめ歩いていた。姉にはまた、別の思い出が胸の中をかけめぐっているのだろうか。わざと声をかけないでおく。

南天も梅の木も昔をしのぶものは何一つない別世界のような実家の跡地、それなのに目のあたりに家があるように思える鮮明な記憶。

五歳から八歳までの三年間だけ、年に一回春、二週間だけ許可された母との故里への帰省、その後は故里に帰ることはなかった。それがどうして、家の間どり、庭のたたずまいまでうかんでくるのだろうか。

それはきっとあの火の山にあるように思われる。いや、火の山を見た後の父と母と私三人の夕食のだんらんにある。父も母も本当に私をいつくしんでくれたという確信が私の胸を今まであたため続けてくれた。その後のつらい、悲しいできごとも、この思いがささえてくれた。父も母も故人となり久しい。

そして、また、この故里の地に立つことはもうないかもしれないけれど、私の胸の中にはあの火の山の記憶と、いろりの火と、三人での楽しい夕食のひとときの思い出は決して忘れ去ることはない。

藪椿《やぶつばき》

庭に一本の藪椿があって、季節になると真紅の花をたくさんつける。私は、この花を見るたびに暗く、もの哀しい思いへとつながっていく。

まずうかぶのは、松本清張原作の映画「砂の器」、らい病に冒され村を追われた父と幼い息子が巡礼姿で四季を流離《さすら》うシーンだ。

吹雪の中を身を寄せあい、かばいあって歩いて行く冬のシーン、銀色に輝く薄《すすき》の原野を行く秋、そして、菜の花が咲き競う野の道をうす汚れた姿となり、歩いて行く春のシーン、どの場面も胸をうたれた。

そして、私にも一つの風影がうかびあがる。幼い私を連れた母が夕暮れの道を歩いている。片側は墓地、その反対側には藪椿が並び、それには無数の紅い花が咲いている。おびただしく散った椿の花は、うす暗くなりかけた中にその紅さは鮮かだ。母はおし黙り、私の手をひき、とぼとぼと歩いて行く。後から思うのに、母はこのとき、発病していて、湯治のために、近くの妙見温泉に行く途中ではなかったろうか。

だが、この場面が真実なのか空想なのか、確かめる前に母は亡くなり、もう三十八年にもなる。

私は姶良《あいら》郡隼人町見次というところで生まれた。戸数五十くらいの小さな村だった。当時、どの家もわら屋根で、母家《おもや》と同じくらいの大きな納屋がとなりに作られていて、家の周りは竹の生垣《いけがき》になっていたが、その生垣の竹は節が長く、濃い緑色をしていて丈は六、七メートルにもなり、密集して生えるので家囲いにむいていたのだろう。

その竹の外側（道路側）だけ、太い竹をたて割りにしたのを横にし、荒縄でくくり固定し、道路に倒れないようにしてあった。それは何段かに分け、丈夫に作られていた。が家の内側の竹はのばなしなので、ばらけたり、倒れたりしていた。そんな竹の中にも藪椿は縫うように生え、それも、けっこう大きな木となり枝をのばし、無数の花をつけた。

納屋の横は牛や馬用の大きな堆肥穴が掘られていて、竹の生垣でうす暗いその穴の上にも椿がたくさん散っていた。うす暗い土の上に発光したように輝く真紅の椿の花は決して気持ちのいいものではなかった。

藪椿の葉は緑色をこえ、黒に近いので、そこに咲く紅い花は黒と赤の点影となる。

村を流れる小川にも椿の花が落ち、それを追いかけるのは楽しかった。けれど、もう、用水路として使われず、せき止められ、ドブ川となってしまったところがあって、そこの土手に藪椿が生垣のように並び咲くのを見るのは子ども心に悲しかった。

なぜなら、美しく咲いても落ちる下は必ずドブ川の汚い流れ、いや、よどみだったから。だが、あのほんのひとときのドブ川の色どりが私には忘れることができない。

母、姉、私が星塚敬愛園に収容されたことは、もう村の人全部が知っていた。父と兄だけが実家に残され、村の人たちの蔑視《べっし》にさらされた。そのような村に母はときどき帰省した。必ず私を連れて。多分、四、五歳の私が父を恋しがるのでと帰省係の職員に必死に嘆願し、あの厳しい隔離の時代にもそれが通じたのか、母と私はきまって春に帰省が許された。それは小学校にあがるまでだったけれど。

だが、汽車で帰り着くのはいつも真夜中、それでも父はいつも駅に迎えに来ていた。真暗な畑の中の道を父は迷うことなく歩き、その後を母と私がついていく。音をたてないようにひっそりと。村は夜になると全戸雨戸を閉めるので、外灯などない時代、灯り一つもれず、真の暗の中に村は寝静まっている。

それなのに村に入ると、さらに足音をひそめ、ただひたすら父の後を追う。久しぶりの父との再会の嬉しさよりも緊張感のほうが子どもの心をしめつける。

だが、家に帰っても、母は外に一歩も出ず、家事などするのだが、子どもの私はやはり外で遊びたがるので、父は家の庭の隅にむしろを敷いてくれ、そこで絵本を見たりしていたが、すぐに近所の子どもの目につき、結局、私たちが帰って来ているのは村人に知れわたった。

だが、私は子どもたちを呼びよせるものを持っていた。それは絵本、敬愛園で人にもらったり、買った絵本を私は母に持てるだけ持たせ帰省した。それをむしろの上に積み読んでいると、その頃、貴重だった本が読みたさに、近所の子どもたちは集まってきて、むしろの上はにぎやかになった。

父と母はそれを喜んで見ていたのだけれど、さがしに来た母親たちは、一人、二人とわが子をじゃけんに連れ帰った。私にも口汚くののしったのだろうが、もうそのことばは忘れてしまった。

ときどき、近づいて来て、私に敬愛園のことをしつこく聞いてくるおばさんの眼は底意地悪く光り、私をおびえさせた。

そして、どうしても食べてみたいものがあって出かけた駄菓子屋のおばさんが、私から、おそるおそるお金を受け取るのもふしぎだった。私の周りには奇異に思えることが多かった。

だが、たった一軒、真向いの井上さんの家の兄妹はなんのへだてもなく私と遊んでくれた。今もその兄妹の名前を憶えている。

ひろみ、年子、道子、梅子、子だくさんだったから、親が頓着《とんちゃく》がなかったのか、むしろの上にはいつもこの兄妹たちが残った。

見次村には天降川《あもりがわ》という大きな川があって、私は兄妹たちとよくその川に遊びに行った。私はその春、七歳になっていた。道ちゃんも同じ年、だが、私よりはるかに体格がよく、私をいじめる子がいると、かばってくれる頼もしい友だちだった。

天降川の中州には、私たちがガラメと呼んで好んで食べた茅が多く繁り、よい遊び場だった。茅の根は小さく白っぽい節状になっていて、それを川の水で洗いかじると甘い味がするのだ。

兄妹たちはわれ先にと川を渡り、その中州に行くのだが、私は左足が悪いので、その流れに足をとられ、渡ることができないでいる。すると道ちゃんはしゃがんで、私を促し、おぶって渡り始めた。ひざ上まで来る水の流れは決しておだやかではない。

道ちゃんは慎重に一歩一歩川底の砂を裸足《はだし》で踏みしめ進んでいく。同じ年なのに道ちゃんの背中は広く肩幅もがっちりしていて、私は必死にしがみつく。

道ちゃんの背中からは汗が匂い、髪は日向《ひなた》くさい。

そして、やっと中州に着き、茅の根掘りで一日遊ぶ。あのときの川の流れの青さ、河原の日射しの明るさは忘れない。

見次村はなぜか藪椿が多かった。どの家の庭にも必ず一、二本あり、それが濃い葉陰を作っていた。そのせいか、家も村も私には暗い印象しか与えない。どうして、こんなにも故里は楽しいものにうつらないのだろう。それは子どもの私の胸にささった数多くの棘《とげ》が、大人になっても抜けることはなく、むしろ深さをましていったせいではないだろうか。ときに忘れていた楽しい時期もあったけれど、何かのきっかけがあると、棘は痛みと暗さを引き出してくる。

車で二時間で行ける故里なのに、なつかしさよりも先に入りこんでくる重たいものが行くことをためらわせる。

これからも藪椿は紅い花を咲かせ、それは私の心の中で不吉な花として残っていくのだろうか。庭の藪椿は花の期が終わり、うす赤い新芽が伸びはじめた。それを見ると私の心の中に静けさがもどってくる。
次の花の期まで。

ハンセン病叢書

手紙　ハンセン病元患者と中学生との交流

発行　2004年9月20日
定価　2,000円＋税

著　者　山口シメ子
〒893-0041 鹿児島県鹿屋市星塚町4204
電話 0994-49-2789

発行人　藤巻修一
発行所　株式会社皓星社
〒166-0004 東京都杉並区阿佐谷南1-14-5
電話 03-5306-2088　ファックス 03-5306-4125
URL http://www.libro-koseisha.co.jp/
E-mail info@libro-koseisha.co.jp
郵便振替　00130-6-24639

装幀　藤巻亮一
印刷・製本　モリモト印刷

ISBN4-7744-0371-7 C0395